めた。

「増水した川を甘く見るな。もう数日、雨が続いている。いつ鉄砲水が来てもおかしくないんだぞ」

にらむように言われて、トリスタンは反射的に言い返す。

「だから急いでいるんです！　見てわかりませんか？」

「バカか、君は。猫と自分の命とどっちが大事だ？」

「なっ……」

男の遠慮のない言葉に、思わずトリスタンは目を見張った。

自分が利口だと思っているわけではないが、さすがに、面と向かって「バカ」と言われたのは初めてだ。しかも、初対面の人間に。

それでも気をとり直し、トリスタンは強引に男の手を振り払う。

「では見殺しにしろと？　うちの猫です。私には守る義務がある」

ぴしゃりと言いきると、男が一瞬、言葉を呑《の》んだ。

瞬《まばた》きもせずにおたがいににらみ合ったが、やがて男があきらめたように小さく息を吐く。

「だったら俺が行こう。君は子供たちを連れて、川から離れていろ」

外套を脱ぎ捨てながら無造作に言われ、トリスタンはさらに反感を募らせた。あからさまに、自分では力不足だ、と言われたようで。

「いいえ、私が行きます。あなたには関係のないことでしょう」

「もう無関係とは言えないな。君が流されたら寝覚めが悪い」

「うちの猫のためにあなたが流されたら、私の寝覚めはもっと悪くなります」

まっすぐに男をにらみ上げ、さらに声を荒らげて叫んだトリスタンに、男はわずかに顔をしかめてうなった。

「……仕方がないな。ではせめて、命綱をつけろ」

そう言うと、子供たちに向き直る。

「あそこの馬に積んでいるロープをとってきてくれ」

男の馬らしい。一人が走って土手の上の木陰につながれていた馬からロープをとると、思いきりこちらに放り投げ、子供たちがリレーして運んでくる。

「ほら」

見も知らぬ男のペースに巻きこまれ、反発したくなったが、確かにこの川の流れでは命綱はあった方がいい。それにこんな言い合いをしている間にも、猫は流されてしまうかもしれないのだ。

うながされるまま腰にしっかりと二重にロープを巻きつけると、トリスタンは水際の草をかき分け、距離を見極めて少し上流から川へ足を踏み入れた。

季節は初夏へ入っていたが、さすがに川の水は冷たい。ふだんはふくらはぎくらいの水かさなのに、今は膝の上まで増水している。流れも速い。中州に引っかかっただけの木の枝は不安定で、今にも水に押し流されそうだ。

冷たい水の中、一歩ずつしっかりと足を踏みしめながら近づいて、なんとか中州まで行き着くと、トリスタンは手を伸ばして震えている子猫をすくい上げた。見たところ、大きな怪我もないようだ。

「もう大丈夫。よく無事だったね」

こんな小さな猫を投げ捨てるとは。

そう思うと、あらためて猫泥棒に怒りがわき上がる。

しっかりと子猫を腕に抱いて、トリスタンは慎重に岸までもどった。

「お願いします」

川から上がる手前で、トリスタンは精いっぱい手を伸ばして男に子猫を預けた。

ただでさえ足元が悪く、岸まで大きな段差ではなかったが、転んで落としてしまうとまずい。

ああ、と片手を伸ばして受けとった男が、そのまま後ろで心配そうに見つめていた子供の一人に手渡す。

わっ、と歓声が上がって、トリスタンもホッとした。

よかった。なんとか無事に助けられた。

「早く上がれ」

そして男は、厳しい口調で空いた手をそのまま差し出してきた。

一瞬、ためらったが、好意であれば拒否する理由はない。引っ張り上げてもらえる方が、もちろんずっと楽だ。

トリスタンの伸ばした手を、男が強く握り返す。

ぐっ、と力をこめられて引かれるまま、トリスタンが体重を預けて岸へ上がろうとした時だった。

ドン！　と重い衝撃にいきなり足元をさらわれ、その勢いでトリスタンは背中から川へ投げ飛ばされた。ものすごい速さで流れてきた流木が、トリスタンの足を薙《な》ぎ払ったのだ。

「トリスタンっ」

「にいちゃんっ！」

一転、悲鳴に変わった子供たちの叫び声が遠く、くぐもって聞こえる。

泥混じりの水が口から鼻から流れこみ、一気に呼吸が苦しくなった。反射的にもがくが、手は水を掻《か》くばかりだ。

流される――。

背筋が凍りつき、意識が恐怖に呑みこまれた。濁流に身体が押し潰され、あせるばかりで何も考えられない。

が、その時、ふいにグンッ、と水の流れに逆らう強い力に身体が引っ張られて、ハッと正気をとりもどした。

「しっかりしろ！」

叫ぶ男の声がはっきりと耳に届く。

あっ、とようやく気がついた。

手をつないでいたトリスタンに引っ張られ、男も一緒に川へ落ちてしまったのだ。

必死に川岸を背に踏ん張り、そして今も命綱は手放していないようだ。そのおかげで、なんとかトリスタンも流されるのを免れている。だがこのままでは、男を巻き添えにしてしまうのは明らかだった。

――ダメだ……！　立てっ！

必死に気持ちを奮い立たせる。

大丈夫。足はつく。

さらに勢いを増した流れの中で、なんとか川底に足を引っかけるようにして、トリスタンはようやくずぶ濡《ぬ》れになった上体を起こした。

「来い！」

男が力強く命綱をたぐり寄せる。引き寄せられるままにトリスタンは懸命に足を動かして、ジリジリと距離が近くなる。

そして男が再びがっちりとトリスタンの腕をつかむと、引きずるようにして川岸へとたどり着いた。二人して這《は》うようにようやく地面へ上がると、思わず大きく肩で息を切る。

無意識に振り返ると、上流から押し寄せてきた濁流が中州の木の枝を押し流し、ごうごうと音を立てていた。鉄砲水だろうか。危ないところだった。

ホッと視線をもどすと、男と目が合う。

男は手足や顔も泥だらけで——それはトリスタンも同じなのだろう。ひどい状態だ。おたがいの顔を見て、安堵《あんど》で気が抜けたのか、思わずちょっと笑ってしまう。

「……すみません。巻きこんでしまいました」

さすがに申し訳なく、トリスタンは頭を下げる。

「ああ…、まあ、無事でよかったよ。君も、子猫もね」

ぐっしょりと濡れた前髪を掻き上げながら、男も小さくため息をつく。

「まったく無茶をする。気持ちはわかるが、正しい判断とは言いがたいね」

だがその厳しい指摘に、さすがに少しムッとした。

男の言うことは正論なのだろう。だがトリスタンとしては、とても子猫を見殺しにすることはできなかった。

今の自分の立場で、子猫一匹守れないで、と思うのだ。

「ちょうど俺が通りかかったからよかったものの……——ックシュ！」

しかし男の口から大きなくしゃみが飛び出して、トリスタンはちょっとあせった。

「大丈夫ですか？」

どっぷりと冷たい水に浸《つ》かったのだ。トリスタン自身、ゾクゾクと背中に震えがくるのを感じる。

「大丈夫とは言えないが、どうせ雨の中にいたからな。気にする必要はない」

男は軽く手を振る。

そう言われても、そうですか、とこのまま行かせるわけにはいかなかった。

「汚れを落としていってください。家がすぐ近くですから。身体も温めないと、風邪を引いてしまいます」

「いや……」

トリスタンの言葉に、男はちょっと迷う様子を見せたが、やはり泥だらけで馬に乗るのもためらわれたのだろう。

短く息をついて、いくぶん渋い顔で言った。

「では、お言葉に甘えようかな」

「まあ、どうしたの、トリスタン！　そんな、ずぶ濡れになって」

数カ月ぶりに帰った実家だったが、出てきた母は二人を見るなり声を上げた。

「あの、お母さん……」

「すぐにお湯を沸かすから。ほら、二人とも裏に行って！」

まともに挨拶も説明もさせてもらえないまま、二人は小さな裏庭に追いやられ、とりあえず水桶《みずおけ》の水で手足の泥汚れを落とした。

そうするうちに、母が大きな鍋いっぱいに湯を沸かしてくる。家に風呂があるような豪邸ではなく、普通に庶民の一軒家なのだ。

「ほら、さっさと二人とも服を脱いで。全部よ」

「えっ？」

有無を言わさぬ調子でぴしゃりと命じられ、思わず大のおとなの男二人は顔を見合わせてしまった。

「ぐずぐずしないの」

しかしさらに追い立てられて、おたがいにおずおずと汚れた服を脱いでいく。

ずけずけとものを言う男のようだが、母の勢いに負けたのか、あるいは女性に対しては礼儀が優先するのだろうか。

トリスタンにしても、母親の前というのもあるが、さすがに初対面の人間と素っ裸で向き合うというのはかなり気恥ずかしい。

しかし母はいい年の男たちの裸にたじろぐこともなく――息子ならば当然だが――、テキパキと手桶でお湯と水を混ぜて適当な温度にすると、二人の頭から浴びせていった。

「まあ、服も靴も泥だらけ。洗ってくるから、あなたたちは身体をきれいにしてちょうだい。指の間も忘れずにね」

そして途中で手桶をトリスタンに押しつけると、母は脱ぎ捨てられた二人の服を抱えて足早に洗濯場へと向かった。

「なんか……、すみません」

嵐のような勢いで母が去ると、さすがに恐縮してトリスタンはあやまった。

「いや…、しっかりした母君だ。手間をかけさせてしまったな」

男が苦笑いしながら濡れた前髪を掻き上げる。

トリスタンは自宅なのでともかく、男にしてみれば見知らぬ場所で、身ぐるみを剝《は》がされた形なのだ。

ようやくあらためて男を眺めると、全裸だけにその体格のよさはひときわ目を惹《ひ》いた。

三十を越えたくらいだろうか。長身で、トリスタンよりもひとまわり大きい身体はきれいな筋肉が張ってしっかりと引き締まっており、否応なく見えてしまう中心の陰りも……、普通の状態でも、すごいな、と思ってしまう。

細く、貧相な身体で、男の隣に立つのがちょっと恥ずかしくなった。

仮にも軍人だというのにまともな筋肉はついておらず、ふくらはぎには昔、犬に噛《か》まれた痕《あと》が残っているし、肩のあたりには子供の頃に父の道具でイタズラでもしたのか、古い傷痕もある。つい最近でも、ぶつけてついた青痣《あおあざ》や擦《す》り傷があちこちについていた。

「そんなに熱っぽく見つめられると、反応しそうになるな」

ふいにかけられたそんな言葉で、トリスタンは自分が男のそこをじっと見つめていたことにようやく気づいた。

「そ、そんなつもりは…っ」

あせって顔を上げたトリスタンは、男とまともに目が合って真っ赤になってしまう。

「君のもきれいな形をしているよ。怒っていなければ、とても上品な顔立ちをしているしね」

くすくすと笑いながら続けられて、本当に耳まで熱くなった。

思いきりからかわれている。

二十五歳のトリスタンからすると、男は五つ六つくらいは年上になるのだろう。やはりその余裕が少しばかり腹立たしい。

「さあ、母君に叱《しか》られないうちに身体をきれいにしよう。湯をかけようか？」

「いえ、私が先に」

客に先にしてもらうわけにはいかない。

トリスタンは手にした手桶でお湯をすくって、わずかに身をかがめた男の頭からゆっくりとかけていった。

くすんだ金髪を男の指が掻きまわし、泥を落としていく。

「あ、まだ残っています」

それでも男には見えない場所なので、トリスタンは手を伸ばして、湯を注ぎながら耳の後ろあたりを洗い流してやる。

「ああ…、悪いね」

大型犬みたいに頭をぶるぶると震わせ、男が大きな笑顔を見せた。

あらためてきれいになった顔を見ると、同性でもドキリとするくらい整った顔立ちだった。同時に精悍《せいかん》さと、男の色気のようなものも滲《にじ》み出している。

一瞬、見惚《みと》れてから、ようやくトリスタンは気づいた。

旅装ではあったが、どういう身分の男なのだろう――？

この物腰や言葉遣い。近隣の農民や、商人のようには見えない。一見、武器を携えてはいないようだが、軍人、だろうか？

このあたりは都から少し郊外に出た、身分の低い下士官たちの家が多く建ち並ぶ集落だ。街中ほど派手な賑《にぎ》わいもなく、有名な教会などもない。主要な街道からも外れており、旅人が通りかかるような場所ではなかった。

ただ武具や馬具などに関わる職人たちが暮らす一帯と隣接しているので、もしかすると何かをあつらえに立ち寄ったところなのかもしれないが、それにしてもこの雨の中で何をしていたのだろう？

ふいにそんな疑問が頭をもたげてくる。

よそ者に対して警戒してしまうのは、ある種の職業病なのかもしれない。トリスタンにしても、軍人の端くれだ。

もちろん、命を助けられたのだ。悪い人間ではないのだろうが。

「代わろう」

何気なく声をかけられ、ハッとトリスタンは意識をもどす。

「あ、はい。すみません」

あわてて手桶を渡すと、今度は男がトリスタンの頭から湯をかけてくれた。

肩まである髪は、ふだんは紐《ひも》で結わえているのだが、いつの間にかとれてしまって、わずかにうつむくとボサボサと落ちてくる。

もともと身長差があって、さほどかがむ必要がないのはちょっと悔しい。しかも無意識にうつむくと、すぐそばに立つ男の中心が嫌でも目に入ってしまう。

男の方は、見られてもまったく気にしていないように堂々としていたけれど。

必死に意識しないようにしていると、いつの間にか男の手がくしゃくしゃとトリスタンの頭を撫《な》でるようにして、泥を落としてくれていた。

気持ちはいいが、子供みたいでやはり気恥ずかしい。

「おっと、痛かったか?」

「いえ…、大丈夫です」

びくっとトリスタンが反応したのに気づいたのか、心配そうに聞かれ、あわてて答える。

おたがいにようやく全身の泥を洗い流したが、いつまでも素っ裸のまま、間抜け面で立っているわけにもいかない。

「お母さん、何か着るものは……」

「シーツを出してあるわ！　服が乾くまでそれを羽織って、火の前で温まってなさい」

勝手口から家の中をのぞきこんで尋ねると、奥の部屋から母の声が飛んでくる。

確かに、洗いざらしたシーツが二枚、戸口の横に置かれていて、トリスタンは一枚を男へ手渡した。

「服が乾くまでこれで。すみません」

シーツ一枚でも、身体を覆うことができるとちょっと安心する。

家に入り、男を暖炉の前まで案内した。そこにはすでに、男の服やブーツまできれいに洗われ、早く乾くように広げて並べられていた。さすがに手際がいい。

「しばらく温まってください。風邪を引くといけません」

そう声をかけてから、トリスタンは母のいる台所へ入った。

しかし話しかける前に、「はい、これを持っていって」と、お茶のカップを二つ渡される。それを持って暖炉のところにもどると、いつの間にか男の膝の上で、さっき助けた子猫が丸くなって温まっていた。その横には、ふたまわりほど大きな黒猫もゆったりと身体を伸ばして火に当たっている。

そちらは昔、妹が拾ってきた飼い猫で、どうやら子猫はその子供らしい。

安心したように男の足に顔をこすりつけている子猫に向かって、「その男はおまえを見殺しにしようとしたんだぞ？」と、心の中でむっつりつぶやいてしまう。

自分より先に懐かれているのは、ちょっと悔しい。

「ああ…、トリスタン。さっき子供たちが子猫を連れてきてくれたのよ。――それと、あなたの剣」

うしろから出てきた母に言われ、あっ、とトリスタンは短く声を上げた。

すっかり忘れていたが、戸口に立てかけられていてホッとする。

「いけませんよ、騎士が剣を忘れるなんて」

「すみません」

ぴしゃりと叱られ、トリスタンは素直にあやまった。

「国王陛下より賜った栄誉の証《あかし》でしょう。いかなる時でも陛下と国を守るために剣を使えるよう、うかつに手放すものではありません。今のあなたの立場ならばなおさらですよ」

「はい」

非常時だったとはいえ、さすがに言い訳できない。

優しくおおらかな母だったが、昔から躾《しつけ》には厳しかった。さすがに軍人の妻ということだろう。礼儀作法や言葉遣いなども、かなりうるさく直されたものだ。

きっちりいさめてから、母が男に向き直った。

「ありがとう。うちの猫を助けてくださったのね」

「いえ、助けたのはご子息ですよ」

振り向いた男が、やわらかく人当たりのいい笑顔で返す。

トリスタンに対するのとは、ずいぶんと態度が違う。母は宮廷の貴婦人というわけではまったくなかったが、女性に対しては礼儀正しいようだ。

「その息子を助けてくださったんでしょう？　感謝します」

子供たちからそのあたりのいきさつも聞いたのだろう。

「行きがかりで。たまたまですよ」

そんなふうに男はさらりと答えた。

少しばかり気恥ずかしいのと、面目ないのとで、トリスタンはあわてて「どうぞ」と手にしていたカップの一つを男に差し出した。

ありがとう、と受けとって一口飲んだ男は、ふわりと微笑んだ。

「ああ…、おいしいですね。身体が温まる。このお茶、ルバーブのジャムが入ってますか？」

少し苦みはあるがトリスタンも昔から馴染《なじ》んでいる味だ。器用で、何でも手作りする母親だった。

「ええ、よくおわかりね。あ、そうだわ。ジャムでパンを召し上がる？　ちょうど焼いたところだから、まだ温かいわ」

そして人をもてなすのも大好きだ。

「あの、お母さん……」

返事も聞かずに台所にもどりかけた母親に、トリスタンはあわてて声をかけたが、男は朗らかに答えた。

「それはありがたいな。ぜひ」

母は台所からパンとジャムの瓶《びん》を持ってくると、手早く切り分けて皿に盛りつける。たっぷりとジャムを塗《ぬ》って、火の前ですわりこんでいた男に皿を渡した。

「ごめんなさいね。息子を助けていただいたのに、こんなものしかお出しできなくて」

「いや、このジャムは川に入るだけの価値は十分にありますよ。すごくうまい」

礼儀としてのお世辞かもしれないが、実際、男はうまそうに食べている。素朴な田舎のパンだったが、やはり体力も使って腹が減っていたのかもしれない。

「ルバーブをジャムに使うのは、このあたりではめずらしいのでは？」

「ええ、でも私も好きだからうちでは庭に植えているの。よろしければ、一瓶、お持ちになってくださいな」

「本当ですか？」

調子よく、打ち解けた様子で話し始めた二人に、トリスタンはようやく口を挟んだ。

「あの、そういえば、猫泥棒って？」

このあたりは退役した下士官が多く暮らしている地域で、トリスタンの父親もたたき上げの騎馬兵だった。二十年前には現国王の遠征にも随行し、二年前には小隊を任されるくらいだったが、独立戦争が終結したあとに軍を退き、今は馬の調教を生業《なりわい》にしている。

近所に住んでいるのも同様の古くからの戦友が多く、猫泥棒などが出るような土地柄ではなかったはずなのだ。

しかもトリスタンの家で飼っていたのは黒猫で、まわりからはずっと縁起が悪いと言われていた。子猫が生まれたのは聞いていたが、それもやはり黒猫だ。

だから殺そうとしたのか？　と思わず顔をしかめたが、事実は予想外だった。

「ほら、あなたが『騎士』の位をいただいたでしょう？」

まったく関係のなさそうなところから、母が説明を始める。

父は軍人だったがただの下士官で、母も特に名門の出というわけでもない。決して血筋がよいというわけではないトリスタンだったが、つい数カ月前に「騎士」の身分が与えられたのだ。

想像もしていなかった栄誉だった。

つまり、トリスタンは貴族の末席に加わったことになる。

戦争中の功績を称《たた》えて、という理由ではあったが、……しかし正直、自分ではそれほどのことをなし得た自覚はない。そもそも戦争中は後方支援の部署にいたトリスタンは、前線に出て戦った経験もない。

むろん大きな戦績を上げた者たちは、それに見合った栄誉や報償を与えられているはずだが、それでも戦場で命を懸けた多くの兵士たちを差し置いてなぜ自分が、と考えてしまうのだ。

とても今の地位や身分が、自分にふさわしいとは思えない。何かの間違い、もしくは他の誰かとの間違いではないか、と今でも疑っているくらいだった。

とはいえ、両親は思いがけない息子の出世を喜んでくれたし、兄に箔《はく》がついたことで、五つ違いの妹にはかなりよいところから結婚話がくるようになったと聞くと、やはりうれしい。少しは親孝行もできそうだ。

だがそのトリスタンの出世の影響が、どうやら飼い猫にも及んでいたらしい。

「だから、前は黒猫なんて不吉だと言われていたのに、今度は幸運の猫だって噂《うわさ》になったみたいで。生まれた子猫たちは大人気で、外の街からもたくさんもらい手があって、奪い合いになるくらいだったのよ。この子だけ手元に残したのだけど、誘拐されかかるなんてねえ」

「そんなことが……」

驚きとともに、トリスタンは思わずため息をついた。

「しばらく外に出さないようにしないといけないかしら。サイラスのところで飼っていた犬も子犬を産んだのだけど、すぐに引き取り手が押し寄せたそうよ」

サイラス・ピオニーは近所に住む、やはり下級兵士の家に生まれた幼馴染《おさななじ》みだ。同様に騎士の身分が与えられ、今は所属も同じだった。古くからの友人がいてくれたおかげで、トリスタンには心強かったものだ。

もっとも騎士のくせに剣が苦手な自分とは違って、サイラスは剣の腕も立ち、戦中の働きも大きかった。だからサイラスが騎士となったことは、トリスタンにも納得のいくことだったのだが。

「そういえばサイラスは昨日、帰ってきていたようだけど」

「ええ。仕事の都合で今回は一緒に帰れなくて」

たいてい休暇は合わせていたのだが、おたがいに仕事がいそがしくなると、それもなかなか難しくなっている。だが、王宮へは一緒にもどるつもりだった。道々、仕事の打ち合わせもできてちょうどいい。

「それで、仕事はきちんとやれているの？　トリスタン」

母としては、やはり息子の働きぶりは心配なようだ。新しい立場になったのなら、なおさらだろう。

「なんとかやっています。数日後には客人がみえる予定ですから、またしばらくはいそがしくなりそうです」

「そう。まずは与えられた役割をきちんと果たさないとね。でも無理はしないで」

「ええ、大丈夫」

そんな話をしているうちにどうやら服も乾いて、二人していそいそと着直した。

くすくすと笑いながら、母が台所へ消えてくれたのはありがたい。

「世話をかけたな」

「いえ、こちらこそ。ありがとうございました」

結局のところ、トリスタンにとっては命の恩人になるのだ。……なんとなく悔しい気もするけれど。

「いや、君にじゃなく母君にな」

肩をすくめて言われ、確かにその通りだったが、嫌みな言い方にムッとしてしまう。

「君の行動は短慮に過ぎる。騎士ならば、その命は国王陛下と国に捧《ささ》げられるべきものだろう。不用意に危うくしていいものではないよ」

容赦なく指摘され、反論したいところはあったが、結果を見れば、実際に言い訳のできることでもない。

トリスタンは小さく唇を噛んだが、それでもしっかりと顔を上げて尋ねた。

「これからどちらへ行かれますか？　迷われていたのでしたら、途中までお送りします」

いったいなぜ、この男がこんなところをうろうろしていたのか。

やはり少し気にかかる。……もしかすると、反感が大きいせいかもしれないが。

「都の方へ。いや、道はわかるよ。雨も小降りになっているようだし……、まぁ、川には近寄らないように気をつけよう」

ちらっと口元で笑って男が言う。

さすがに体裁が悪く、トリスタンはあわてて視線をそらせた。

かなり意地が悪い。そもそも性格が悪いのかもしれない。

それでもトリスタンは息を吸いこみ、軽くにらむようにして続けた。

「ええ。笑い事でなく、お願いします」

そしてようやく思い出して、今さらに尋ねた。

「よろしければ、お名前をおうかがいできますか？」

「ああ……」

ちょっと考えてから、いや、と男は言った。あらためてトリスタンの顔をじっと眺め、口元で小さく笑う。

「君とはまたすぐに会えそうだ。その時にあらためて。——トリスタン・グラナート卿」

2

視線の先に広がる王都の街並みの向こうに、鮮やかな青空がいっぱいに広がっていた。

小高い場所に建つ王宮の重厚な正面扉から一歩外へ出て、トリスタンは思わず天を振り仰ぎ、まばゆい日射しに手をかざす。

「うわぁ、今日は天気がよくてよかったね」

石段の隣に立ったサイラスが、伸びをするように大きく腕を伸ばして朗らかな声を上げた。

「本当に」

それにトリスタンもうなずいて返す。

ゆうべまで降り続いていた雨は今朝になってようやく上がり、遠来の客を迎えるにはふさわしい一日だろう。

今日はこのスペンサーの王宮に、ラトミア公国から使節が到着する予定になっていた。国境の一角を接している隣国だ。

使節が都へ入ったという王都警備兵の先触れを受け、トリスタンたちは出迎えのために外まで出てきていた。

王宮の正門からこの正面のファサードまで、手入れされた庭園が大きく広がっている。シンプルで美しい光景だが、ここからさらに洗練させていく必要があるだろう。

五年間も続いた戦争が終結して二年。

つまり、スペンサーが独立を勝ち取って、ようやく二年だ。

一時期は荒廃していた国土の復興も進み始め、何年も滞っていた王宮の修繕や改築、新たな宮殿の増築などにも着手できるようになっていた。そのため、現在スペンサーの王宮には著名な建築家や造園家、さらには画家や音楽家なども多く滞在しており、このところずいぶんと活気づいている。

正式に独立して以降、国の建て直しに追われる日々だったが、スペンサーが諸外国から使節を受け入れるのはこれが初めてというわけではない。つい二カ月ほど前には、和平条約の「承認式」主催国として、大役を果たしたばかりだった。

戦争終結時に結ばれた、カルディア帝国と他の四カ国との間の独立合意、さらに五カ国間での和平条約の確認のため、年に一度、それぞれの国が持ちまわりで「承認式」を執り行うことが取り決められており、今年はスペンサーがその開催国となっていたのだ。

スペンサーの正式な国際デビューとも言えるその重大な儀式を取り仕切ることが、トリスタンたちが今、所属している「王室護衛隊」の最初の大きな仕事だった。

独立を機に若く柔軟な視点で新しい国を造る――、という国王の指示によって新しく創設され、軍や他の指示を受けない、国王直属の機関となる。その名の通り、王族の身辺警護が基本的な役目ではあるが、国王の補佐、諮問機関として積極的に政務に携わっていくことが期待されていた。

そこに属する、九人の「王室護衛官」の一人。

基本的には、以前より王族の警護を務めていた者、そして戦中に功績のあった者から選任されており、着任と同時にそれぞれ「騎士」の称号が与えられた。

とはいえ、領地などが与えられたわけではなく、栄誉だけ、名目だけの身分だ。俸禄は少しばかり増えるかもしれないが、やるべき仕事と責任は格段に増し、自由な時間は少なくなった。

だが単なる下士官にすぎなかったトリスタンも、今は「トリスタン・グラナート卿」と呼ばれる貴族になったわけだ。

そんな騎士の身分もだが、王室護衛官という役割は、トリスタンにとっては少し重荷でもあった。正直、自分にそれに見合った働きができるとはとても思えなかった。

そもそも、前線に出て戦ったことのないトリスタンに、目立った功績はない。的確な後方支援が多くの兵の命を救ったのだ、と任命の理由は説明されたけれど、その実感もない。

そんな自分が「王室護衛官」を名乗っていいのか、という迷いは今もあったが、役目を与えられた以上は精いっぱい果たすしかなかった。

もし護衛隊が大きな失敗をすれば、任命した国王の顔に泥を塗ることになる。王としても解散を考えざるを得ない状況になるだろうし、実際、それを望んでいる者たちがいることもわかっている。

王室護衛隊については、今はまだ、成り上がりの若造どもにどれほどのことができるのか、という様子見の空気が宮廷内でも強く、特に古株の廷臣や軍からの反感は大きかった。国王の肝いりだったので、表だって不満を口にする者は少なかったが、やはり陰ではチクチクと嫌みを言われることもある。

自分がミスをして失脚するだけならまだしも、サイラスや他の護衛官たちを道連れにするわけにはいかなかった。

実際のところ、まだまだ気の許せない帝国や他の独立国からの使者を一堂に迎えて、肉体的にも精神的にもかなり大変だった二カ月前のその「承認式」と比べると、今回はラトミアから数人の客が来るというだけの、気楽な接待とも言える。

しかし、いまだ新しい自分の役割に慣れていないトリスタンにしてみれば、やはり緊張感は大きかった。

「それにしても、この間、承認式で来たばっかりなのにね」

トリスタンほどの気負いもなく、サイラスが可愛《かわい》らしい顔を少しばかりしかめてつぶやいている。

物心ついた時から一緒に遊んでいた幼馴染みであり、今は護衛隊の仲間でもある男だ。

可愛い――と言われるのは、本人としては不本意なようだが、二十四歳、いや、トリスタンと同じ二十五歳になっただろうか、その年齢としては少しばかり童顔かもしれない。

光に透けるやわらかな茶色の髪は肩の上できれいにそろえて断ち切られ、琥珀色《こはくいろ》の瞳はいつも生き生きと輝いている。物怖《ものお》じしない明るい性格で、いつも前向きに溌剌《はつらつ》とした印象があり、やはりうらやましく眺めてしまう。

髪は暗めの茶色で、瞳も少しくすんだ淡褐色《へーぜル》と、容姿にしても出自にしても、仲間内では存在自体がもっとも地味なトリスタンだ。

その分、有能かと言われると、……やはりそれも、自分でも疑問に思う。

いったいなぜ、そんな自分が「王室護衛官」という栄誉ある一員に選ばれたのか――。

「まだ到着しないようだな」

と、ふいに背中から届いた別の声に、ハッとトリスタンは振り返った。

まばゆい太陽の下、トリスタンたちがまとっているのと同じ緋色《ひいろ》のマントを翻して近づいてきたのは、ブルーノだ。ブルーノ・クラウディオ・ジョサイア・カーマイン。

トリスタンたちが属する王室護衛隊の隊長――ではないのだが、実質的には主座と言えるだろう。

三カ月ほど前に王室護衛隊が発足した時、隊の中で序列は作らず、決定事項は基本的に九人の合議とする、ということが最初の申し合わせとなった。つまり護衛官としては、トリスタンたちも対等の立場にある、ということだ。

とはいえ、もともと庶民の出であるサイラスやトリスタンと違って、ブルーノは名門侯爵家の嫡子であり、現在も自身で伯爵位を持っている。長い金髪と青い瞳。そして、美しく怜悧《れいり》な美貌《びぼう》。その際だった容姿だけでなく、幼い頃から賢さ、聡明《そうめい》さ、また武勇でも誉れ高く、もう何年も国王付きの護衛官を務めていた。

トリスタンたちよりも三つ、四つほど年上ということもあるが、やはりその存在感には仲間内とはいえ、今でも少し緊張してしまう。

実際、王室護衛官に選ばれることがなければ、まともに口をきくこともなかっただろう身分と地位のある人間だ。

「もうそろそろでしょう」

サイラスは、数年前から第二王女付きの護衛官を拝命している関係もあり、以前からそれなりに接触はあったようだ。気負った様子もなく、さらりと答えている。

「滞在されるのは東の離宮だったか？」

続けて確認されて、はい、とトリスタンは背筋を伸ばして向き直った。

「お迎えの準備は完了しています。騎馬でお越しということでしたので、厩舎《きゅうしゃ》と馬丁も専任の者を」

答えたトリスタンの口調も、知らずあらたまる。

……と、思いついた。

「すぐに使えるように、湯殿の用意もしておきましょうか？」

考えながら、なかば無意識に口を開いたトリスタンに、ああ…、とサイラスがうなずいた。

「いいかもね。昨日までの雨で道はぬかるんでると思うから」

長旅で、泥なども足下まで撥《は》ねているだろう。スペンサー国王に謁見するのであれば、身だしなみは整えたいはずだ。

「そうか。では、手配を頼む」

わずかに目を瞬《しばたた》かせて、ブルーノが過不足なく指示する。そして、まっすぐにトリスタンを見つめて言った。

「よく気がついたな」

「いえ…」

そう言われると恐縮する。

ブルーノがそんなところに考えが及ばないのは、気が利かないということではなく、される側の生まれだからだろう。そんな些末《さまつ》なことではなく、政治的な駆け引きや配慮などは、とてもトリスタンの及ぶところではない。

「それにしても、今回の来訪の目的は何だろうね……？」

サイラスがわずかに首をかしげてつぶやいた。

なかば独り言に近かったが、トリスタンはそれを受けて答える。

「親善目的ということでしたよね。来年はラトミアが承認式の開催国になりますから、その事前準備の確認もしたい、ということだったと思いますけど」

「でもそういうのは、それこそ、この間の承認式の時にチェックしてたんじゃないのかなあ」

ううーん、とサイラスが小さくうなる。

「まあ、確かに」

そう。実際のところ、今回の来訪の目的がはっきりとしなかった。隣国としては、スペンサーの戦後の復旧状況が気になるとか、情勢が落ち着いてきたので息抜きに他国に遊びに行きたいということかもしれないが。

「今後のために、おたがいに外交官を常駐させたいという話もあった。その相談もあるのだろう。それについては、ラトミアに限らず、いずれ考えなければならないところだからな」

淡々とブルーノが言った。どんな状況でも冷静に、感情を見せない声だ。

なるほど、とサイラスがうなずく。

しかしそれだけにしては、使節をよこすのは大げさに思える。

と、内心でトリスタンが考えていると、ブルーノがさらりと続けた。

「裏にどんな目的があるにせよ、訪問したいと言われれば、よほどの理由がなければ断る選択肢はない」

静かな口調だったが、知らずトリスタンは身を引き締める。

ラトミア公国は先の戦争で、ともに独立を果たした同盟国だ。帝国から勝利を勝ち得たとはいえ、まだまだ広大な領土と武力を有する帝国と渡り合って、この先も独立を維持していかなければならない。周辺諸国、特に隣国ラトミアとよい関係を続けていくことは、スペンサーにとっても必須の政治的課題だった。

そう、何を言われても、受けて立たなければならない。

「今回は、この間来た使節とは別の顔ぶれになるの？」

どちらにともなくサイラスが尋ねたが、口調からするとトリスタンにだろう。

「若い方々が中心だと聞いてるけど」

「そっか。ラトミアも政治的に若返りをはかってるのかもね」

ちょっと皮肉っぽい口調で言って、サイラスがにやりと笑う。

ラトミアは公国なので、領土にしても人口にしても、国としてはスペンサーよりも規模が小さい。が、スペンサーよりも古い、由緒ある王家――公家だった。血筋が長いということは、それだけ周辺各国の王家との婚姻関係も多く、複雑で、国力だけでは見えない発言力がある。

適当な対応をしていい相手ではなかった。

「――あ、来たみたい。あれかな？」

と、わずかに高く上がったサイラスの声に、トリスタンも正面に視線をもどした。

確かに視界の先に遠く、黒い点の塊のようなものが現れて、徐々に大きくなっていた。

馬が数頭。それに馬車が続いているだろうか。

「へぇ…、わりとお偉いさんも一緒なのかな?」

馬車に気づいたのだろう、サイラスが小さくつぶやく。

馬車で、ということは、そこそこ身分のある年配の男も同行している可能性がある。

ふた月前にトリスタンたちが奔走したように、承認式をとり仕切る若手だけ、というイメージだったのだが。

正門を抜け、徐々に一団が近づいてくる。軽やかな馬の蹄《ひづめ》の音と、馬車の車輪が軋《きし》む音。

騎馬の男たちは七、八人ほどだろうか。群青色の軍服に、同じ色の帽子。襟元のさりげない金のモールが華やかに光を弾《はじ》いている。

「行くぞ」

気負いもなく、しかし凛《りん》としたブルーノの声に、トリスタンもぐっと腹に力を入れ直した。

足並みをそろえて石段を下りていく。風を受け、三人の肩からマントが大きく翻った。

鮮やかな緋《スカーレット》色だ。青空によく映える。

このそろいのマントは、叙任式で王より下賜されたものだった。王室護衛官の象徴であり、誇りでもある。

『スペンサー王家へ、永劫《えいごう》に我らの血と忠誠を捧げます』

王室護衛官の叙任式で、ブルーノが代表して誓った言葉を、トリスタンも胸に刻んでいる。

「承認式」を無事に乗り切って以来、スペンサーの宮廷でも「王室護衛官」という存在がこの緋色のマントとともに少しずつ認識されつつあった。

それはつまり、自分たちの言動や仕事ぶりがつぶさに観察され、評価され、あらを探そうとする目も多い、ということだ。

大事な時期だった。

今はどんな小さな役目だろうが、王室護衛官として恥ずかしい仕事はできない。一つずつ確実に実績を積み上げ、自分たちの存在をスペンサーの宮廷に――大臣や官僚たち、兵士たちに対して認めさせるしかない。そうすることで、これからの仕事もやりやすくなるはずだ。

目の前の仕事を確実に。精いっぱいの力でやる。

自分に言い聞かせるようにして、トリスタンは騎馬の男たちと、石段の前で止まった馬車に視線を向けた。

やっと到着した、という安堵だろう、男たちが解放されたような表情で次々と馬から降りている。

と、ふいにブルーノが、うん？　と小さく、怪訝そうな声をもらしたのが聞こえて、何気なく横を見ると、わずかに目をすがめるようにして先頭の男を見つめていた。

軍服姿の男たちの中で、一人だけ仕立てのいい優雅な旅装の青年だ。まだ二十歳前だろう。実際だって若い。

彼がこちらに向き直ったタイミングで、ブルーノが声をかけた。

「遠路ようこそ。……もしや、カレル公子ではございませんか？」

——公子？

トリスタンはあわてて頭の中で記憶を探った。一応、必要な知識として、周辺各国の主だった王族の名は頭に入れている。

現在のラトミア大公に息子はいない。子供は息女が一人だけで、カレル公子は確か、甥《おい》にあたる方だ。

身なりやたたずまい。年齢。使節の先頭を切って現れたこと。そのあたりからのブルーノの判断だろうか。

まだ若いが、確かに特有の自信と尊厳を身にまとっている。

それにしても、公子が来るとは聞いていなかった。

「よくわかったな。お会いしたことはなかったと思ったが」

公子がわずかに目を見張って、ブルーノを見つめ返す。そしてにやりと笑った。

「貴殿は……、そう、おそらくブルーノ・カーマイン殿。だろう？」

どこか得意そうに指摘してくる。

「はい。公子こそ、よくおわかりでしたね」

「君に会った者から話を聞いていたからだよ。目立つ美貌だ」

「恐縮です」

照れるでもなく、謙遜するでもなく、ブルーノは淡々と返した。

一歩後ろからやりとりを見ていて、思わずサイラスと目が合った。

さすがだな、と二人してしみじみ感心してしまう。

とてもこんなふうに冷静には返せない。そのあたりが、やはり生まれ持つものの違いだろうか。……もっともそれ以前に、まず言われることがないわけだが。

「私の隣がやはり王室護衛官のサイラス・ピオニー、そして、トリスタン・グラナート。何かご要望がありましたら、遠慮なくおっしゃってください」

過不足なく紹介されて、トリスタンたちは軽く頭を下げる。

「わざわざお出迎え、痛みいる。ところで、申し訳ない」

公子が少しばかり言いづらそうに視線を漂わせた。

「直前になって、あー…、少し人数が増えてしまったのだ」

そんな言葉とともに、公子が手ずから馬車の扉に手をかける。

もちろん、その中の人物が今回の使節の代表になるのだろう。公子自らが紹介するというのは、よほど身分のある人間か、と推測はできる。

が、ラトミアの王族――公家の人間よりも身分や地位がある人物というのが、どんな立場になるのか、すぐには想像できなかった。

思わず身構えたトリスタンの前で馬車の扉が開かれ、中から姿を現したのは――まだ若い女性だった。

えっ？　と、あやうく声が出そうになる。

「妹が同行したいとダダをこねてね。仕方なく連れてきてしまった。フロリーナ・マリー・オーリッシュだ」

手を貸して馬車から降ろした女性の横で、公子が苦笑いした。
十五、六歳くらいだろうか。長旅の疲れも見せず、少女らしい好奇心いっぱいの眼差《まなざ》しであたりを見まわしている。
さすがにトリスタンはあっけにとられてしまった。

出迎えが自分とサイラスだけだったら、予想外のことに固まって、まともに挨拶もできなかったかもしれない。兄が一緒とはいえ、まず、この年頃の女性の王族がふらふらと国外へ出るということ自体、考えられない。

「ようこそ、スペンサーへ。フロリーナ公女殿下」

しかし動じることなく、ブルーノがするりと公女の前で膝をつき、優雅に差し出された手をとって唇をつける。自然と表れるそんな所作が、育ちの違いだろう。

トリスタンたちも、あわてて挨拶代わりに軽く膝を折る。

「お会いできてうれしいわ。ブルーノ・カーマイン様」

フロリーナ公女が物怖じしない様子でにっこりと笑ってから、かたわらの兄に向き直った。

「失礼だわ、お兄様。私にもちゃんとしたお役目があって一緒に来たのよ」

「役目ねえ……」

兄の公子がなかばあきれたように肩をすくめる。

それにかまわず、公女がブルーノに向き直って楽しげに続けた。

「先日の承認式でお邪魔したうちの者たちから、スペンサーには若くて、美しくて、優秀な護衛官がたくさんいらっしゃると聞きましたの。ラトミアの宮廷でも話題でしたのよ」

そんなふうに言われると、トリスタンならば返す言葉に困ってあたふたしそうだったが、ブルーノは例によって、光栄です、とさらりと答えている。

「ですから今回は私、エレオノーラの夫にふさわしい方はいないかと思って。婿《むこ》捜しに来ましたの」

微笑んで、あっさりと公女が言った。

エレオノーラ、と気安く呼び捨てにしているが、現大公の息女であることは、トリスタンにも認識できる。フロリーナには従姉妹《いとこ》になるわけだ。

そのエレオノーラ大公女の婿。現大公には娘一人しかいないことを考えれば、事実上、次のラトミア大公ということになる。

……なかなかの爆弾だ。

「マジか……」

あっけにとられたトリスタンの隣で、サイラスが小さくつぶやいた。

当然ながら、王家の婚姻であれば、いろいろな外交ルートを通して国王が決めるものだ。いくら身内とはいえ、気安く探しにくるようなものではない。

もしかすると内々にそんな話が出ていて、品定めにきたのだろうか？

「私、エレオノーラとは姉妹のように育ちましたから彼女の好みのタイプもわかりますし…、ついでに私の伴侶も見つけられたらと思って」

屈託なく笑った妹の言葉に、公子が苦笑いして、ひらひらと手を振った。

「聞き流してくれ。妹は単に旅行気分で遊びに来ただけだ」

そうは言われても、こう堂々と宣言されると対処に困る。というか、本当にそれが目的であれば、スペンサーの貴族たちも色めきだつだろう。とりわけ、爵位を継げない次男以下の男たちにとっては、千載一遇の機会になる。

次期大公の座でなく、このフロリーナ公女の夫の地位であっても、無位無冠で放り出されるよりは遥《はる》かに魅力的なはずだ。

面倒な騒ぎにならないといいが、と内心で不安を覚え、……いや、それどころではない、とようやく気がついた。

女性客が来ることはまったく想定していなかったので、そんな準備はしていなかった。

どうやら馬車には公女付きの侍女が一人、同行しているようだが、一人ではとても手が足りない。こちらで侍女を増やす必要があるだろうし、公女の使う部屋の調度や何かも女性好みにした方がいいだろう。間に合うだろうか。

ちょっとあわてて、トリスタンが頭の中でめまぐるしく算段をしている間に、他の客人たちの紹介が進んでいたようだ。

「……それと、――あぁ、おい、イーライ！　どうしてそんな後ろに引っこんでるんだ？」

公子がわずかに大きく声を上げ、一番後ろに立っていた男を指で呼び寄せた。

がっしりとした体格の背の高い男だ。

「こいつは、イーライ・ラファエル・バンビレッド。大公の懐刀といったところかな。信頼も厚い、私の目付役のようなものだ」

カレル公子のいくぶん皮肉めいたそんな紹介に、苦笑しながら男がかぶっていた帽子をとると、軽く胸に当ててわずかに頭を下げる。

「スカーレットの皆様に出迎えいただけるとは恐縮ですね」

深い、落ちついた声。

どこかで聞いた記憶のある声だった。

顔を上げた男の顔をまともに見て、思わず、あっ、と声が出そうになる。

この間の男だった。川で助けてもらった。

あの時はボサボサに落ちていた前髪も、今はきっちりと後ろに撫でつけられ、身なりも正式な軍服だったが間違いない。

——なぜここに……？　というか、ラトミアの？

驚きで、思わず男を凝視してしまう。

「スカーレット？」

しかしサイラスは、男の言葉に引っかかったようだ。

「ああ…、失礼。以前にお会いしたうちの者たちが、皆様をそう呼んでいたのでつい」

どうやら王室護衛官の緋色のマントが印象に残っていたらしい。あの時の招待客には、ひとまとめにそう呼ばれていたのだろうか。だが、わかりやすい呼称ではある。

「バンビレッド伯爵ですね。リベンデール城壁の戦いの際には加勢いただいた。——ようこそ、スペンサーへ」

ブルトノが相変わらず細かい知識で、さらりと挨拶している。

この人はいったいどこまで頭に入っているんだ？　と感心してしまう。と同時に、もっと勉強しないとな、という気持ちになる。だがとてもそこまで追いついていかない。

「あの時の勝利は、スペンサーのディオン王子のお力ですよ。援軍のおかげで、我が国の国境

を守ることができた」

穏やかに微笑んで、その男——イーライ・バンビレッドが丁寧に応えた。

——伯爵……。

さらなる事実に、この間の母や自分の対応を思い出して、トリスタンはちょっとあせってしまう。

しかし、だったらなおさら、この男はあんなところで何をしていたんだろう？　しかも、スペンサーの都に入る何日も前に。単独で？

いろいろな事実と疑問が入り乱れて、まともに考えがまとまらない。

「このたびは世話になります、カーマイン卿」

さらりと言ったイーライの視線が、次にトリスタンを見つめて止まった。

「いろいろとお手数をおかけすると思うが。トリスタン・グラナート卿」

まるで初めて会ったかのような挨拶。涼しげな笑顔。

しかしわずかに瞬いた男の目は、どこかおもしろそうにトリスタンを眺めている。

なるほど、スペンサーを訪れる前から、すでに「スカーレット」の予備知識はあったようだ。

トリスタンの名前も記憶していたのだろう。

トリスタンの失態は、最悪の形で王室護衛官の評価を落としたわけだ。

まともな言葉が出せず、トリスタンはただ視線を外して頭を下げた。知らず顔が強ばってしまう。

「トリス？」

隣にいたサイラスが何か感じたのか、少し怪訝そうに首をかしげた。

「……申し訳ありません。公女殿下のお部屋の準備をさせていただきたいと。先に失礼させていただきます」

なかば無意識のまま、早口にそれだけ言うと、トリスタンは一礼して逃げるようにその場をあとにする。

——どうしよう……？

不安と混乱で息苦しくなる。耳にまで心臓の音が聞こえるようだった。

やはり自分が王室護衛官を拝命したのは間違いだったのかもしれない。身の程をわきまえて、任命された時に辞退すべきだったのかもしれない。

そんな後悔が息苦しく胸に押し寄せていた——。

それでもなんとか気持ちを落ち着け、トリスタンは今自分にできる、目の前の仕事に意識を集中させた。

風呂の準備と公女のための新たな侍女を数名、そして離宮の一番よい一部屋を手早く女性向けに調え直し、他にも思いつく限りの手配をする。

3

そして使節の受け入れを侍女長に指示してから、トリスタンは会議室へと急いだ。

九人の王室護衛官たちは、仕事の割り振りや連絡事項、情報の共有などのため、定期的にミーティングを行っている。

国王直属の組織なので、すべての仕事は国王より直接指示のあったものだ。国王の意志が入る仕事——つまり内務、外交、軍事、司法と、政務全般であらゆる分野に渡る。国内法の整備など、護衛官全体で大きな仕事に関わる場合もあるし、それぞれが担当する細かい仕事もある。

トリスタンが今抱えているのは、制定を検討している法律関係と、王宮の改修や増築についての予算の管理や調整、人員の配分などだ。

っている。

そしてもちろん、「王室護衛官」という役名の通り、それぞれが王族の身辺警護の任に当たっている。

そもそも多くの護衛官たちは、護衛隊創設以前より王族の誰かに警護役としてついていた。サイラスであれば第二王女であるアリシア王女付きだし、ブルーノは国王付きだ。

身辺警護だけでなく、生活全般にも気を配っている。サイラスなら王女の勉強や就寝の監督とか、交友関係の監視とか。ブルーノならば国王の仕事の助言、相談役も務めているらしい。

つまり王室護衛隊は、ブルーノのしていた国王付きの秘書的な仕事が拡大された形になる。膨大な王の仕事の補佐が、一人、二人では間に合わなくなったということだろう。

九人の中で、それまで「護衛官」でなかったのはトリスタンくらいだった。

それだけにひどく場違いな感覚が拭《ぬぐ》えない。本当に自分がいていい場所なのか、と。そんな気がして。

トリスタンが王室護衛官に選任されたのは、戦争中の功績によるものだという説明は受けていた。だが参謀本部付きの後方支援の部署にいたトリスタンが、最前線で敵の首を取ったとか、奪われた領地を奪い返したとか、そんな目覚ましい活躍をしたわけではない。できたはずもない。前線にいたところで、自分の剣の腕では足手まといにしかならないのはわかっていた。

だから、自分の立場で自分にできることをしただけだった。

各方面から入ってくる情報を集められるだけ集め、細かく分析し、味方の部隊が分断される恐れがあると予測した。だから、先んじて援軍を送る必要がある、と強硬に主張したのだ。一瞬でも判断が遅れれば全滅になる、と。

ちょうどラトミアとの国境付近の、のちに「リベンデール城塞の戦い」と呼ばれるようになった籠城戦だ。

そして恐れていた通り、第五王子であるディオン王子の軍が敵陣に取り残された。だがディオン王子であれば、後退するよりは前に進む。それがトリスタンの判断だった。実際、王子は果敢に中央を突破し、帝国の拠点の一つとしていたリベンデール城塞を奪い取った。しかしそのままでは、再び囲まれ、取り返されるのは目に見えていた。

だから一刻も早く援軍を、とトリスタンは必死に声を上げた。地理的にも重要な場所で、そこを落とすと帝国軍を押し返すことは難しくなる、と。

不確かな推測だけで援軍が出せるものか、と一蹴《いっしゅう》する上層部を必死に説得し、ほとんど懲《ちょう》罰《ばっ》覚悟で指令を出した。

それが奏功したのかどうかはわからない。単にタイミングがよかっただけとも、たまたま予想が当たっただけとも言える。

到着した援軍に城塞を包囲していた敵陣が崩れ、ディオン王子の軍はその地を守ることに成功した。そしてそこからの快進撃もあって、一気に戦況を決めたのだ。

だが結局、自分がしたのは援軍を出す、という指示に過ぎない。確かに、参謀本部の将軍に直接上申するために、自分の直属の上官を動かすのはかなり困難だったが、それでも自分が血を流したわけでもない。トリスタンの立場にいた人間であれば、誰でもそうしただろうと思う。

功績で言えば、ほとんどがディオン王子に帰されるものだし、むしろディオン王子の護衛官で、戦中も生死をともにしていたファンレイ・コーラルの方が大きいくらいだ。

ファンレイからは、ともに王室護衛官として叙任されたあと、あらたまって礼を言われたが、正直、同列に扱ってもらえるほどの働きではない。

他の護衛官たちとは違うのだ――、と思う。

それでも会議の場に、しっかりと自分の椅子はあった。

王宮のいくぶん奥まった場所にある「円卓の間」。

部屋の名になっている通り、大きな円卓が一つと、それを囲んで九つの椅子があるだけの簡素な一室だ。王室護衛官の中では序列をつけない、という最初の取り決めを形にした部屋になる。

いくぶんあわててトリスタンが扉を開けると、所定の椅子には他の護衛官たちは全員着席していて、いっせいに視線が集まった。ふだんこんなに注目されることはなく、さすがにあせってしまう。

「申し訳ありません。遅くなりました」

謝罪しながら、急いで一つだけ空いていた自分の席に着く。サイラスの隣だ。

目が合って、お疲れ、というみたいに、小さくサイラスが瞬《まばた》きして微笑《ほほえ》んだ。

「いや、ご苦労だった。問題はないか？」

議長を務めるブルーノが淡々と尋ねてくる。

「大丈夫だと思います。またのちほど、不備がないか確認いたします」

なんとか息を整え、トリスタンは強いて事務的に答えた。

諸外国からの賓客をもてなすことも王室護衛官にとっては重要な役目だが、それだけにかまけているわけにはいかない。王国の再建に向けて、仕事は他にも山積みなのだ。

とはいえ、他の護衛官も外からの客に興味がないわけではなく、情報を共有する意味でも話題には上る。

「陛下には、なるべく早く謁見したいとのご希望でしたが」

隣からサイラスが思い出したように発言した。

トリスタンが離れたあと、そんな話が出たのだろう。礼儀上にも、客人たちからすれば、まず国王に挨拶、ということだ。

「陛下には夕刻前に時間をいただいている。歓迎の晩餐会《ばんさんかい》は明晩だな？」

「はい。マチルダ王女が催してくださるとのことです」

ブルーノの確認に、トリスタンがうなずいた。

王室護衛官に任命されたあとで、トリスタンは国王の長女であるマチルダ王女付きの護衛官を務めることになった。

現在、四十七歳のスペンサー国王に子供は七人いたが、王妃はいない。十年以上も前に二人目の王妃と死別して以来、新しい妃《きさき》を迎えていないのだ。

そのため賓客があった際には、長女であるマチルダ王女が晩餐会や夜会など、女主人として接待役を受け持っていた。三十前の王女は、王の子女の中では唯一の既婚者であり、その分、落ち着きも経験もある方だ。当然、名目上は国王主催の催しもあるが、実質的にはほとんど王女が仕切っている。

トリスタンがマチルダ王女付きの護衛官に指名されたのも、剣の腕を見込まれての「護衛」ではなく、公式な役目の多い王女の事務的な補佐につくためだ。

身辺警護に期待されていないというのは、王室護衛官としては少しばかり情けなくも思うが、反面、王族付きになったことには安堵《あんど》もあった。自分の役割が与えられた、ということだ。

「それにしても、ラトミアの公女様が同行されていたとは予想外だったね」

ブルーノの隣の席で、フェイス・セヴィリアンが微笑んで口を開いた。

ふわりと少しくせのある灰色の髪と、やわらかな茶色の目を持つ男だ。決して細身ではないが、高い身長のせいですらりとして見える。おっとりと優しげな雰囲気だが、時に傍観者のようなシビアな一面がある。

年はブルーノと同じく、三十前くらいだろう。やはり同じく国王付きの護衛官だが、むしろ相談役という立場になる。王はよくフェイスを話し相手に、国の将来を展望しているようだ。

「それを言えば、カレル公子が同行されていたこと自体、驚きましたけど」

隣でサイラスが、今さらながらうなるように言った。

「大公家の方がわざわざ……、ですか？」

サイラスとは反対側の隣からちょっと不思議そうにつぶやいたのは、ファンレイ・コーラルだ。

トリスタンと同い年で、もう長く第五王子であるディオン王子の護衛官を務めている。けぶるように淡く長い金髪が美しい佳人で、たおやかな見た目に反して剣の腕は相当にいい。

そもそもディオン王子が素晴らしく武勇に優れた軍人であり、まさにスペンサーの独立を決定づける武勲を挙げた、独立戦争の英雄だった。ファンレイも護衛官としてずっとディオン王子に同行しており、まさに死線をともに越える働きをしたわけだ。

トリスタンは遥《はる》か後方からその動きを追っていたに過ぎなかったが、それでも彼らがどれだけ命を懸けて戦っていたのかは想像できる。

「何か特別な目的があるのでしょうか？」

首をかしげたファンレイに、フェイスが微笑んでおっとりと言った。

「兄妹そろって好奇心旺盛というだけかもしれないけどね。そういう年頃だ」

確かに二十歳前の血気盛んな年頃なら、機会があれば外国を訪れたいという意欲はあっておかしくはない。

「でも、フロリーナ公女のアレは爆弾発言だったけどね。ほら、婿《むこ》を探しにきた、って。本当にそれが目的ってことはあるのかな？」

ちらっとこちらを見て言ったサイラスの言葉に、えっ？　という驚きや、ほう、というつぶやきで、一瞬、場がざわついた。そのあたりはまだ聞いていなかったらしい。

「フロリーナ公女が、夫を自分で探しにきたってこと？」

「ご自身の夫と、それにエレオノーラ大公女の婿だそうですよ」

円卓のあちこちから上がった質問に、サイラスがちょっとおもしろそうに答えた。

「それはそれは。大公女の配偶者であれば、次のラトミア大公の可能性もある。身分としても、血筋としても申し分ない。スペンサーの王子様方の誰かが婿入りしてもおかしくないわけだね。例えば…、そう、ディオン王子なんかは先の戦争の英雄だし、ラトミア国境を守ったことで人気は高いだろう。第一候補なのかもしれないね」

「えっ？　まさか……」

いかにも楽しげに言ったフェイスに、ファンレイが驚いた声を上げる。今にも椅子から立ち上がらんばかりのあせりようだ。

フェイスの言っていることは、確かに理屈では間違いないが、ちょっと意地が悪い。もちろんわかっていて、からかっているのだろうが。

ファンレイがディオン王子の護衛官についてもう十年以上になるようだが、どうやら最近になって、もっと親密な関係になったらしい。

……ということは、暗黙の了解というのか、護衛官の他のメンバーには周知の事実なのだが、ファンレイ自身は隠していて、他には知られていない、と思っているふしがある。

「いえ、その、ディオン様はそういうお話があってもお受けにならないと思いますが……」

困惑したように、あたふたとファンレイが言い訳している。

「実際、どうなの？　ブルーノ」

くすくすと笑って、フェイスが隣の席のブルーノに視線を向けた。

「噂《うわさ》程度だが、聞いた話では、帝国の第三王子との縁談が出ているようだ。ラトミアとしては、正式な申し込みがあれば断るのは難しい。だがせっかく独立したところで、また帝国の紐《ひも》付きになるような状況は避けたいだろうな」

ブルーノが相変わらず感情を見せない声で淡々と答える。

トリスタンは初めて聞いた話だが、さすがに情報が早い。

「第三王子って……、例のアレか？」

クセのある濃い茶色の髪を指先で掻《か》きながら、ジーク――ジークフリード・トリアドールが苦笑いしている。いつも陽気で気さくな性格で、トリスタンとしても話しやすい相手だ。

その帝国の第三王子については、護衛官たちの中で共通認識がある。二カ月前にスペンサーで行われた承認式で問題を起こしまくった男だった。帝国でも持て余しているようなので、ことによればラトミアへ婿に押しつけて厄介払いしたいということもあるのかもしれない。もちろんそれで子供が生まれれば次次代の大公になるわけで、帝国としては将来的にラトミアを併合する布石にもなる。

スペンサーをはじめ、近隣の四カ国が独立を果たしたわけだが、やはりそれで気を抜けるわけでもなく、すでに新しい外交戦が始まっているようだ。

「なるほど。だったら大公女の婿捜しは急務だろうし、案外、本気なのかもしれないね」

フェイスが指先で唇を撫《な》でながら、わずかに目をすがめる。

「そういえば、トリスタン。君は彼…、イーライ・バンビレッド伯爵と面識があったのか？」

ふいに思い出したようにブルーノから問われ、トリスタンは思わずビクッと背筋を伸ばした。

「あの、それは……」

まっすぐに向けられた眼差《まなざ》しに、思わず視線が漂ってしまう。心臓がドクドクと音を立て始めた。

やはり対面した時のトリスタンの挙動がおかしかったのだろう。

どうしよう、と心の中で迷う。

あの時のイーライの様子では、特にトリスタンとのことをしゃべるつもりはなさそうにも思えた。トリスタンの立場を気遣ってくれたのか、彼にとってはたいした出来事でもなかったのか。あるいは、トリスタンの弱みとして握っておくつもりなのか。

とりあえず、先日、雨に降られたところに出会って、実家で雨宿りをしたのだ、というくらいの軽い説明でもいいのかもしれない。

だが——。

「誰？」

フェイスが首をかしげて尋ねている。

「カレル公子のお目付役だそうだ。実質的には今回の使節をまとめている男だろう。ラトミア大公の懐刀だと公子は言っていたが、実際に信頼は厚いと聞いている」

そんなブルーノの的確な説明に、名前は聞いていたらしく、ジークが顎を撫でながら付け加える。

「独立戦争の時は、ラトミア戦線の最前線にいた男だろう？　方面隊の司令官だった」

その言葉に、トリスタンは、そうか…、とようやく気づいた。

つまりあの男も命がけで、国を守るために戦ったのだ。

結局、覚悟が違った、ということなのかもしれない。あの猫を助けた時も。

実際に戦場に出たことのないトリスタンの甘い判断にいらだったとしても、無理はなかった。

「へぇ…、戦場よりは宮廷が似合いそうな雰囲気だったけどな。雰囲気のある、いい男ですよね。スペンサーの宮廷でもすごくモテそう」

サイラスが思い返すようににやりとしてから、あれ？　という顔でこちらに向き直る。

「知り合いだったの？」

幼友達でもあるサイラスと、トリスタンの知人はほとんど一致している。自分が知らないということが不思議だったのだろう。しかも、隣国の伯爵だ。

サイラスに聞かれて、トリスタンは腹を決めた。

逃げるみたいに前の部署から移ってきて、ただ一人「護衛官」でもなかった自分を受け入れてもらった。それまでの身分も地位も関係なく対等に扱ってもらい、信頼して仕事も任せてもらっている。

この王室護衛官の――スカーレットのメンバーに嘘《うそ》はつきたくない。

たとえそれで除名されたとしても。

そっと息を吸いこみ、腹に力をこめてトリスタンは口を開いた。

「実は――」

ついこの間の出来事を、できるだけ感情を抑えて説明する。

「……申し訳ありません。王室護衛官として、醜態をさらしてしまいました。彼は私のことを知っていたようですし」

そういえば、フルネームでトリスタンを呼んだのだ。

「騎士」、という身分は、今のスペンサーでは、王室護衛官のみが与えられている。今回のように外国からの賓客を相手にする状況も多くなるはずで、それに対応するためにある程度の地位があった方がいい、という判断のようだ。

ラトミアの使節も、訪問するスペンサーの王室護衛官については事前に把握していたようだから、トリスタンの名で気づいたのだろう。

あきれただろうな、と今さらながらに思う。これが王室護衛官か、と侮られたとしたら、自分の責任だ。

無意識に唇を噛《か》んだトリスタンの耳に、ふわりとフェイスの穏やかな声が届く。

「別にそれは恥というわけじゃないと思うけどね。二人で助け合って小さな命が救えたなら、いいことじゃないかな」

思わずトリスタンは顔を上げた。ドキリと胸が鳴る。

自分のしたことは間違ってなかったのか…、と少し安堵しそうになったが、ブルーノは例によって淡々と指摘した。

「確かに、判断が甘いところはあったようだが」

「じゃあ、君なら見殺しにするのかな？　ブルーノ」

首を横に向けて、フェイスが尋ねている。怒っているわけでも、非難するようでもなく、むしろおもしろそうな、試すような口調だ。

「確実に助けられるという判断ができなければ、そうだな」

「ではもしも、それが小さな子供だったら？」

「基本的には同じだ。助けるために最善は尽くす。が、できないと判断すれば、無理をするべきではない」

「ええ？　でもそこは、少し無理をしても助けようとしてみるべきじゃないのか？　人間としても、王室護衛官としても」

と、話を聞いていたジークから異論が挙がる。

「小さな子供であればな。だが自分の配下に、子猫を命がけで助けてこい、と言えるか？　配下でも自分自身でも、不用意に命を危険にさらすことは問題だ。自分一人の命ではない。私たち王室護衛官の命は、スペンサーの王家に捧《ささ》げるべきものだ」

ぶれることなく、まっすぐに返したブルーノに、うーん…、とそれぞれが考えこんだ。

「実際には、理性より感情で動く状況でしょうから……」

ポツリとファンレイが口にする。

「だからどんな状況でも理性的に動けるようにしろ、という話だろう」

さらに他から厳しい指摘が飛ぶ。

トリスタンは子猫のことでこんな議論になるとは思いもせず、少しハラハラしてしまった。

驚くとともに、少しばかり申し訳ない気持ちになる。

だが同時に、仲間内のこんなふうに遠慮なく、自由に意見をぶつけ合える空気感は好きだった。居心地がよかった。

些細《ささい》なことでもうち捨てず、真剣に受け止めてくれる。賛否があるのは当然だが、自分の存在も、自分の考えも、きちんと認めてもらっているようで。

何か熱いものが、じわりと胸の奥から湧き上がってくるような気がした。

戦争中にトリスタンが在籍していた参謀本部では、上官の理不尽な指示に逆らうことも容易ではなく、自分の意見を通すことはかなり難しかった。それが前線で戦っている兵士の、少なくとも何人かの命を救うことができるはずだ、という信念があったとしても。

補給や援軍を手配するタイミングや規模。一刻を争う場面もあったはずだ。それで救えなかった命もたくさんあっただろうと思うと、自分の無力さに叫び出したくなることもあった。

だから、今は自分がこの場に、この仲間たちといられる幸せに、ちょっと泣きそうになる。

サイラス以外は、まだまともに話すようになってほんの数カ月だというのに。

それでもこの九人がそれぞれ、王室護衛官という職務に誇りと責任を持っていることはわかるのだ。

「まあ、この議論に正解はないよ。状況によっても、人によっても判断は違うからね。それぞれが何を選ぶかだけだ」

一通り賛否が出たあたりで、さらりとフェイスが発言する。

その言葉で、少しばかり白熱していた空気がすっ…と落ち着いた。

ブルーノのような硬質な冷静さとは違うが、常に客観的な目で物事を見ている人だ。

「それを言っちゃ、議論の意味がないような気がするけどな……」

ジークが頭を掻きながら低くうなる。

「いや、意味はある。確かに正解はないが、必要なのは、その場面でそれぞれがどう動くかをおたがいに理解しておくということだ。わかっていれば、おたがいにフォローできる。それがチームとしての王室護衛隊だ」

やはり淡々と言ったブルーノに、トリスタンはハッとした。

――チーム……。

その言葉がじわりと胸に落ちてくる。

自分がその中にいていいのだろうか、と。

いや、いられるように努力するしかないのだ。努力をすることだけは得意だったはずだから。

フェイスがトリスタンに視線を向けて、静かに微笑んだ。

「トリスタンが行かなければ、子供たちが無茶をしていたかもしれないしね」

そう言われると、少し救われる気がする。

礼を言う代わりに、トリスタンは小さく頭を下げた。

「それにしても猫泥棒かあ…。うちの犬も危ないのかな。注意するように言っとかないと」

横でサイラスがボソッとつぶやく。

くすくすと小さな笑い声がこぼれた。

意図的かどうかはわからないが、やはりサイラスには空気を明るく変える力がある。

「……話がそれたな。何にしても、面識があるのならちょうどいい。トリスタン、君に客人の世話係を頼めるか？」

「私、ですか？」

ブルーノに指名されて、トリスタンは思わず声を上げてしまった。

「できないか？」

「いえ……！」

静かに聞き返され、反射的に答える。が、やりづらいだろうな、という不安はよぎった。

それでも、あの男に対して少しでも名誉を挽回《ばんかい》する機会があるのなら、やはりそれは自分の役目なのだろう。

もしそれで失敗して、さらに恥の上塗《うわぬ》りをするようなことになれば、その時は潔く、王室護衛官を辞任してもいい。常に最後の仕事と思いながら、全力を尽くすしかない。

「あの…、はい。精いっぱい、務めさせていただきます」

息を吸いこんで、トリスタンは答えた。

「適任だと思うよ」

フェイスがやわらかく微笑む。

その期待に応えたかった。

確証はなかったが、自分を王室護衛官に推薦してくれたのはこの人ではないかという気がしていた。以前に聞いた時には、答えははぐらかされたけれど。

「では、ラトミアの使節への対応は、基本的にトリスタンに任せることになる。何か必要があれば、その都度、声をかけてくれればいい」

ブルーノの確認に、小さく息を吸いこんで、はい、とトリスタンはうなずく。

「特に警備状況をあらためる必要はないのかな?」

軽く挙手をして、ジークが尋ねた。

「先日の承認式ほど、特別な警備は必要ないんじゃないかな? 同盟国だったスペンサーとラトミアの間では、特に遺恨があるような関係でもないわけだし」

フェイスの意見に、ブルーノもうなずいた。

「ラトミアの使節を迎えているとはいえ、トリスタン以外は通常とさして変わりはない。ただ正式な晩餐会や舞踏会などには顔を出してもらうことになるだろう。警備の意味でも、外交的な意味でも」

「ほら、なにしろ公女殿下は婿捜しにいらしているのですから、花を添えないと。あちらは、我々『スカーレット』に大きな期待をかけてくださっているようですよ」

サイラスがいたずらっぽく声を弾ませる。

「その話が出まわれば、必要以上に勇み出す者たちも出てきそうですけどね」

ファンレイが少し心配げに眉を曇らせる。

「それはその都度対処するしかない。目に余るような行動があれば、報告するようにしよう。——とりあえず、今日の議題を進めようか。ファンレイ、港までの街道の整備状況を報告できるか?」

合図のようなブルーノの声に、空気が少し引き締まった。

「はい。それと、今日は病院の建設予定地をいくつか絞りましたので、ご意見をいただければと思います」

ファンレイが書類を前に立ち上がる。

トリスタンも急いで議事録を取り出した。護衛官の定例の会議では、トリスタンが書記を務めているのだ。

ラトミアの使節の接待という新しい役目が増えて、当分はいそがしくなりそうだな、と思う。

ただトリスタンにとっては、何もできないよりは、何か仕事がある方がうれしい。

自分にできることを、ただ誠実にやるしかなかった。

とりわけあの男——イーライ・バンビレッド伯爵への対応はしっかりしなければ。

トリスタンは無意識にペンを強く握り直した。

4

実際のところ、ブルーノが使節の世話役にトリスタンを指名したのは、他意があったわけではなく合理的な判断だったのだろう。

マチルダ王女が使節の歓待の役目を任されているので、その補佐役であるトリスタンが必然的にもっとも接点は多くなる。歓迎会の予定やら、夜会や狩りへの招待やら、ちょっとした茶会や芝居の観劇のお誘いなど、細々とした連絡事項や日程の調整だ。護衛官の中でも、関わらない者はそれこそ歓送迎会での挨拶くらいでしか、あえて顔を合わせる必要はない。

世話役を仰せつかった以上、トリスタンは翌日の歓迎晩餐会にも出席し、招かれた貴族や大臣たちに使節の面々を紹介するという、いささか面倒な役割も果たした。スペンサー側はともかく、今回訪れたラトミアの使節全員の顔と名前とプロフィールを、それまでに頭にたたきこむ必要があって、なかなかに大変だった。

その晩餐会のあと、引き続いて舞踏会になった時にはすでに「婿捜し」の噂は広まっていて、多くの貴族の子息たちは明らかにそわそわしていた。とりわけカレル公子やフロリーナ公女の前には、先を争うように挨拶と自己紹介の列ができていた。

トリスタンに対して牽制《けんせい》してくる者もいて、そういう意味では、確かにトリスタンは公子や公女とも会話を交わす機会は多く、アピールすることも可能なのだろう。

「貴族の称号を得たとはいえ、しょせん卑しい生まれの成り上がりだ。格式あるラトミア公家に婿入りなど、身の程知らずなことは考えていないだろうよ」

と、そんなあからさまな陰口を、わざと聞こえるように言われてもいた。そもそもトリスタンに、そんな野心などみじんもなかったわけだが。

ただあまりに入れ替わり立ち替わり、若い男たちが群がりすぎて、公子はともかく、まだ若いフロリーナ公女などは相手をするのも疲れてしまうだろう。そのあたりの配慮で、さりげなく制限をかけていたことで、ろくに挨拶もできなかった男たちからは恨まれてもいたようだ。わざと邪魔をしているように思われたのかもしれない。

それでも、途中でサイラスがアリシア王女——数年前からサイラスが警護についている、スペンサー国王の末娘だ——をさりげなく連れてきてくれて、ようやく男たちの挨拶攻勢も落ち着いた。さすがに自国の王女を押しのけて話しかけようという強者《つわもの》はいないようだ。

十六歳のアリシア王女はフロリーナ公女と年も同じくらい、二人とも闊達《かったつ》な性格のようで、すぐに意気投合したらしい。きゃっきゃっと女の子らしい女子トークに花を咲かせていた。よくも悪くも、スペンサーの若い男たちの品定めができるのかもしれない。

「助かったよ」

ホッと肩で息をついて、トリスタンは短いながらしみじみとサイラスに礼を言った。

「面倒な役どころだな。でも一度くらい、公女様をダンスに誘わなきゃいけないんじゃないの？　礼儀上ってことだけど」

あぁ…、とトリスタンはちょっと遠い目になる。

「それは…、苦手だな」

それこそ生まれが貴族ではないので、正式に習ったこともない。

ただ礼儀作法や言葉遣い、食事のマナーなどは母がうるさかったせいもあり、正式な晩餐会などの席でも恥を掻かずにすんだのはありがたかった。

「僕もだけどね」

サイラスが苦笑いして、軽く続けた。

「ま、そのあたりはブルーノとかに任せようよ」

護衛官でも貴族出身者であれば、ダンスの一曲や二曲、息をするように足も動くだろう。しかも相手がブルーノなら、どんな家柄の貴族であっても指をくわえて見ているしかない。

とはいえ、侯爵家の嫡子であるブルーノが、公家とはいえ他国へ婿入りすることはまずないだろうし、国王付きの護衛官を辞するとも思えないから、そういう意味では、ブルーノがライバルになることはないという安心感はあるだろうか。

二人の姫君たちにはしばらくサイラスがついていてくれるようで、トリスタンはそっと壁際へ身を引いて、他に問題がないか、大きくホールの中を見まわした。

今宵《こよい》の舞踏会は主賓がラトミアの使節なので、公子や公女だけでなく、他の客人たちのまわりにも人が集まって賑《にぎ》やかに歓談しているのが見える。マチルダ王女は女主人として、このような場での仕切りに慣れており、客人が一人にならないように自分から話しかけたり、側近の貴族の夫人たちを差し向けたりというこまめな配慮もしっかりとしているのだ。

細々とした仕事量は多かったが、補佐であるトリスタンにとってはありがたく、やりやすい主《あるじ》になる。まだ若く、いささかお転婆なアリシア王女などは、どうやら家庭教師から逃亡することも多いようで、サイラスはいちいち捕まえておとなしくさせておく、という苦労もあるようだ。

トリスタンの視界に、たくさんの貴婦人たちに囲まれているイーライの姿が入ってくる。というか、自然と視線が引き寄せられる。それだけ華やかに、目立ってもいた。

到着した時と同じく正式な軍服で、やはり凜々《りり》しい立ち姿だ。

ひっきりなしにダンスの誘いもあるようで、次から次へと相手を変えているようだった。

うらやましい、というより、かなりの運動量になりそうで、素直に感心する。

公女殿下の婿に立候補したい男たちは多いだろうが、イーライ・バンビレッド伯爵の妻の座というのも、未婚の女性たちにはかなり魅力的なんだろうな、と想像できた。そういえば、まだ結婚もしていないようだ。

そうでなくとも、美麗さと精悍《せいかん》さを併《あわ》せ持つ容姿に、完璧なマナーと、会話のうまさと。男としてだけでも、十分な魅力がある。

……いや、むしろ、既婚のご夫人方の遊び相手にちょうどいいのだろうか？　ほんの一時、スペンサーの宮廷に滞在するだけの客人ならば、後腐れもなさそうだ。

「まったく、あいつが一緒だと俺の存在が霞《かす》んでしまうな」

ふいにむっつりとした声がすぐそばで聞こえ、ハッとトリスタンは振り返った。

いつの間にかそばにいたカレル公子が、いくぶん苦い顔でやはりイーライを眺めている。

「そのようなことは……。バンビレッド伯爵の方がご夫人方の話し相手として、年齢が釣り合うというだけでしょう」

ちょっとあわてて、トリスタンはフォローした。

実際、まだ二十歳前と若い公子と比べ、イーライの方が大人の恋愛相手としては考えやすい。結婚相手として考えるなら、公子にはやはり十六、七歳から十八歳くらいの若い女性ということになるので、積極的に近づくには恥じらいがある年頃だ。

「あいつは口もうまいが、手も早いぞ？　女にも男にもな。君も気をつけろよ、トリスタン・グラナート卿」

いかにも皮肉っぽい言い方だったが、カレル公子とイーライの仲が悪いようにも見えなかったので、単なる軽口だろう。お目付役、と言っていたから、ふだんから少しばかりうっとうしく思っているところもあるのかもしれない。

「どうか、トリスタンとお呼び捨てください、殿下」

トリスタンは小さく微笑んで、軽く頭を下げる。

「私は何人かのご令嬢から、殿下の妃は探していないのかと尋ねられましたよ」

嘘ではないその言葉に、ハハハ…、と公子が軽く肩を揺らして笑った。

「探していないわけではない。そうだな、フロリーナとアリシア王女が親しくなったようだから、王女がラトミアに嫁いでくれれば妹も喜ぶだろう。陛下は嫁に出す気があるだろうか？」

ちらっと、何かの話で盛り上がっている少女たちへ視線をやって、公子が口にする。

本気ならば、こちらも真剣に受け止めなければならないところだが、どうやらそこまで熱心なふうでもない。が、身分の釣り合いや、今のおたがいの国の関係から考えても、十分に可能性のある話だ。

と同時に、王がラトミアではなく、他国の王族へ王女を嫁がせることを考えている可能性もあるので、うかつなことは口にできない。

「それは陛下のお心次第かと」

とりあえず慎重に、トリスタンは答える。

「そうだな。フロリーナは国を離れて嫁に行くことも嫌ではなかろうが、アリシア王女が他国へ嫁ぎたいかもわからんし。無理強いはしたくないからな」

何気ないそんな言葉に、意外と優しいのだな、とトリスタンは内心でちょっと驚く。意外と、というと語弊があるが、王族に特有の、もっと尊大なイメージがあった。

「……ところで、トリスタン、君はラトミアで暮らしたことはないか？　ああ、君の父君が以前、ラトミアに行ったことがあるとか？」

唐突な問いに、え？　とトリスタンは思わず目を瞬《しばたた》かせる。

「いえ、残念ながら。山々の美しい国だと聞いておりますが」

それでも、とまどいつつ答えた。

「では護衛官で他に……、いや、護衛官でなくとも君くらいの年の男で、ラトミア出身の者を知らないか？」

「特に心当たりはありませんが」

「そうか……」

公子がちょっと難しい顔で顎を撫でる。

「あの、何か？」

「ああ…、いや、何でもない」

思わずうかがうように尋ねたが、あっさりとかわされる。

真剣に大公女の婿を探すのなら、少しでもラトミアと接点があればいい、という考えでもあるのだろうか？

そのくらいしか、この問いの意味が解釈できない。

内心で首をかしげていると、ちょうど一曲踊り終えたらしいイーライとうっかり目が合って、こちらに近づいてきた。

次の相手に立候補しようと手ぐすね引いて待ち構えていた女性には肩透かしだろうが、イーライもそろそろ疲れたのかもしれない。あるいは、イーライの方も公子の動向に気をつけていたのか。

「殿下、楽しんでおられますか？」

何気ない口調で、公子に声をかける。

「ああ、もちろんだ。俺も外交というものの重要性は学んでいる」

「結構ですね。大公殿下へよい報告ができそうです。スペンサーの護衛官を相手に、剣の相手ばかりをさせるのではないかと心配されておりましたから」

おたがいに少しばかりすかしたやりとりだ。

なるほど。どうやらカレル公子は、宮廷の舞踏会でダンスを踊るよりも、太陽の下で剣を振りまわす方が楽しいらしい。トリスタンとしては、連日夜遊びに耽《ふけ》っている若い貴族たちよりも、よほど好ましく思える。

「おまえは相変わらず、女の心をさらうのがうまいな」

ちろっと公子が意味ありげな視線をイーライに向けた。

「おや、拗《す》ねておられますか？　私に寄ってくるのは火遊びのしたい既婚のご夫人ばかりですよ。殿下のお相手になるような、清楚《せいそ》なご令嬢には敬遠されております」

澄ました顔でイーライが返す。

……いや、火遊びされても困るのだが。

「うかつに手を出して、夫と決闘騒ぎなど起こすなよ？　ラトミアの品位が問われる」

「そんなヘマはいたしませんよ」

にやりと笑って答えたイーライに、ヘマをしなければいいという問題でもない、と、さらにトリスタンは内心でつっこむ。

表情を変えたつもりはなかったが、そんな心の声が聞こえたように、イーライがちらっとトリスタンを横目にして、小さく咳払《せきばら》いした。

「……いえ、人聞きが悪いですね、殿下。私は一途《いちず》な男ですよ。見境なく手を出しているわけではありません」

いくぶんあわてたように言い訳する。

「そうだな。向こうから寄ってくるだけだ。……では俺は、マチルダ王女をダンスにお誘いしてこよう」

とぼけた顔で言って、公子は広間の中央へ向かっていく。

その背中を一礼して見送り、残されたトリスタンは無意識に身体《からだ》を緊張させた。

イーライと二人だけで話すのは、あの時、実家で別れて以来だった。自分の役目からして、いつまでも避けることもできないとわかってはいたが、やはり身構えてしまう。

「国王陛下は舞踏会には参加されないのかな？」

何気ない様子で、イーライが話しかけてくる。

「顔は出されると思いますが、賑やかな集まりがあまりお好きでもないようですので」

平静を装って、トリスタンは答えた。

「なるほど。まあ、このような場に顔を出さずとも存在感のある方だからな。政治的な手腕も見事なものだし、国の将来もしっかりと見据《みす》えていらっしゃる」

本心か、追従か、イーライがそつなく言う。

だがトリスタンも同じ認識ではあったので、実際によく見ているということかもしれない。

「伯爵はいかがです？　楽しんでいただけておりますでしょうか？　お食事などは口に合いましたか？」

世話役として、トリスタンはさりげなく確認した。

「うまいね。スペンサーは料理も洗練されている。……ああ、でも、君の母君の手作りのジャムにはかなわないかな」

ちらっとトリスタンを見て、イーライが微笑んだ。

「朝食にいただいているよ。公子や公女殿下もお気に入りだ」

「カレル公子が食されているのですか？　それは…、光栄です。母に伝えれば喜ぶでしょう」

トリスタンは思わず、目を見開いた。

あの日、イーライの帰り際に、母が土産として持たせたのだ。

が、彼の身分を知らなかったからこそできたずうずうしい真似《まね》で、公子や公女の口に入ることなど、考えてもいなかった。さすがに恐縮してしまう。

だがその時の話がイーライの口から出たのなら、トリスタンも腹をくくるしかなかった。

逃げ出すわけにはいかないのだ。

軽く唇をなめ、トリスタンは強いて淡々と口を開いた。

「それにしても、あなたがラトミアの使節でいらした方だったとは……、驚きました」

「俺も驚いたよ。あんなところで王室護衛官殿に出会うとは」

いくぶんとぼけた口調で、――嫌みでもある。

あんな無様な王室護衛官に、とでも言いたげな。

思わずぐっと拳を握ったが、それでもトリスタンはまっすぐに顔を上げて尋ねた。

「その、あんなところで何をされていたのですか？」

単独で、宮廷を訪れる三日も前に。

あの時すでに、イーライはスペンサーの領内に入っていたということだ。騎馬ならば、都から半日もかからない。途中休憩でもないだろう。

「初めて訪れる国だったからね。少し一人でふらふらとまわってみたくて、他の者たちよりも先行しただけだよ」

……あんな雨の中を？

優雅にワインのグラスをすくい上げ、何気ないふうにイーライは答えたが、さすがにちょっと信用できない。ラトミアの伯爵がわざわざ立ち寄るような場所でもない。

トリスタンにとっては幼少期を過ごした懐かしい実家だが、一般的には何の面白みもない「あんなところ」なのだ。

もしかして、スペンサーの国情を探っていたのか？　とも思うが、あのあたりを探って重要な何かがわかるとも思えなかった。

めずらしい施設があるわけでもなく、下級兵士たちの住居が並ぶばかりだ。そんな場所は他にもいくつか点在しているし、それで兵の規模を推し量れるものでもないだろう。

それに――。

「なぜ、私とのことを話さなかったのですか？」

宮廷に到着した時、他の護衛官たちに。さらに、公子をはじめ、ラトミアの他の使節の者にもトリスタンとのことは伝えていないようだった。

命を助けられたことについて、まったく誰からも言及されなかったし、匂わされたこともない。本当に知らないようだった。

　もしイーライが、自分があの場所にいたことを他の人間に知られたくなかった——としたら、あえて口にしなかったことの説明にはなる。

「わざわざ言うようなことだったかな？　別に恩に着せるほど、たいしたことをしたわけじゃないからね」

　しかしイーライは、グラスに軽く口をつけてから、さらりと答えた。

　そう言われると、反論のしようもない。……微妙な悔しさと反感はあるが。

「そういえば、君、恋人は？」

　ふいに聞かれて、ちょっとトリスタンはとまどった。

　単なる会話の接《つ》ぎ穂だろうか。あるいは、話題を変えたかったのか。

「恋人の心配もしていただけるのですか？　私は正しい判断ができないようですから」

　あの時、言われた言葉を思い出し、少しばかり皮肉な口調になってしまう。トリスタンとしてはめずらしいことだ。

　そのトゲを感じたのだろう。イーライが苦笑いした。

「まあ、気にはなるね。君はどこか危なっかしいから」

　よけいなお世話だ、とトリスタンは内心でうなる。

「騎士になって身分も安定したのだから、そろそろ結婚を考えてもいい年だろう？」

「いえ、私は……」

正直、苦手な話題だった。

「今は護衛官という役目に全力を尽くしたいのです。他の護衛官も、結婚している者はおりませんし」

自分で言ってから、そういえば、と今さらに気づく。まだ若いとはいえ、みんな配偶者がいておかしい年齢でもなかったが。あるいは、王室護衛官を任命する時に、動きやすい独身者を選んだのかもしれない。実際に、なかなかの激務なのだ。

「でも恋人くらいいるだろう？　重責を担うには、安らげる場所が必要だ」

意外と執拗《しつよう》だ。やはり宮廷貴族らしく、恋愛話が好きな男なのかもしれない。

ふと、ファンレイを思い出した。

護衛官の中でも、やはりトリスタンと同じく、もともとの身分は高くない。就任当初はいくぶん控えめで、指示された役目をこなすくらいだったのだが、このところ少し自信が出てきたようで、以前に比べて積極的な発言も目立つようになっていた。

ディオン王子との関係がいい影響を与えているのだろうか、とも思う。

だが、それを自分に置き換えることはできなかった。

一瞬、トリスタンは目を閉じる。

自分に恋愛はできない。

誰かに自分の心を——身体を預けるようなことはできないだろうと思う。その行為を想像しただけで、恐怖と嫌悪が先にくる。

もともと色恋沙汰《ざた》にはうとく、淡泊な方でもあった。それほど情熱的な性格でもない。十六歳の時に入隊し、十八歳の時に五カ国戦争が始まった。軍の中では、手近な男相手に発散する者も多く、性的な誘いがなかったわけでもないが、刻々と変わる目の前の状況に追われて、とてもそんな心の余裕はなかった。

ただ漠然と、適当な年になれば、誰かに紹介された相手と普通に結婚するんだろうな、と思っていたくらいだ。

だが今となっては、それも無理だろう。誰かと肌を合わせることを考えられない。

そっと息を吸いこんで、トリスタンは反撃した。

「そういうあなたはどうなんですか？　バンビレッド伯爵」

「イーライでかまわないよ。……まあ、俺も人のことは言えないか」

男が肩をすくめる。

「まだ遊び足りないということですか？　あなたの方がいい年でしょう」

チクリと嫌みを交えて、指摘する。

「まあねえ…。逃げているところかな」

どうやらもう少し、気ままな自由を謳歌《おうか》したいらしい。

旗色が悪くなったせいか、イーライが話題を変えた。

「そういえば、承認式の段取りについてのレクチャーは、君がしてくれるのか？」

いきなり仕事モードの話題に、トリスタンは首をかしげる。

「本当にお受けになりたいのですか？」

「何をしに来たと思ってるんだ？」

イーライがわずかに眉を寄せてみせる。

「事前にそれをお願いしていたと思うが。かなり複雑だと聞いたし、帝国や各国の使者の前で恥を掻きたくはないからね」

「それは失礼いたしました。ご希望でしたら、私がご説明いたしますが、……口実かと思っておりました」

「はっきり言うね……」

イーライが苦笑した。

トリスタンは、もともと駆け引きのできるタイプではない。気持ちが張っているせいか、この男に対しては、一歩も引かない心構えだった。これ以上、無様な姿を見せるわけにはいかない。他の護衛官たちに、イーライとのことを話せていたのもよかったのだろう。

「別に公女殿下たちの婿捜しが、本来の目的というわけではないよ」

「では、何が本来の目的なんでしょう？」

さらりと尋ねたトリスタンと、ふっとイーライの視線が絡む。

頭の中をのぞきこまれるような感覚に、トリスタンは思わず息を詰める。が、目は逸《そ》らさなかった。

イーライの方が、何気ないように視線を外す。

「だから、承認式の段取りを学びたいと。それに、軍の訓練風景などを見せてもらえるとうれしいね。いずれは合同演習の機会をいただけるとありがたい」

そつのない答えだ。やはりそう簡単に口を割りそうにはない。

しばらく様子を見るしかないかな、と思いながら、ふと思い出して、トリスタンは尋ねた。

「そういえば、アダム・ノルデンとお知り合いですか？　先ほど話されていたようですが」

現在、スペンサーの宮廷に滞在している若い画家だ。年はトリスタンより少し上くらいで、今は王子や王女たちの肖像画を描いてもらっている。

晩餐会や舞踏会に招かれる立場ではなかったが、他にも肖像画を依頼している貴族たちがいるようだし、王宮やまわりの景色など風景画も制作しているので、比較的自由に王宮内を動いていた。

広間へ入る手前の回廊で、立ち話をしているイーライとアダムの姿をちらっと見かけていたのだ。

「めざといね」

ちょっと感心したように、イーライが瞬きする。

「彼は少し前まで、ラトミアの宮廷で描いていたんだよ」

「ああ…、そうなんですね」

著名な宮廷画家などは、招かれてあちこちの王宮や領主の元を渡り歩いている。めずらしい話ではないのだろう。

スペンサーもだが、独立したばかりの国ではやはり、その時期の姿や国の風景を残しておきたいものだ。アダムだけでなく、今は数人の画家が滞在していた。

「ではそちらでの仕事を終えて、スペンサーに来られたわけですね」

「まあ…、そうだろうね」

納得してうなずいたトリスタンだったが、イーライは視線を漂わせて答える。少しばかり奥歯にものが挟まったような口調だった。

彼にしてはめずらしく、何だろう？　とは思ったが、一介の画家をそれほど深く知っているわけでもないのだろう。

と、その時だった。

「いけませんわ、グラナート卿。客人を独り占めされては」

ふいに背後から軽やかな女性の声が聞こえ、次の瞬間、イーライの腕にするりと細い腕が絡みついた。

トリスタンも見知っている、大貴族の令夫人だ。

どうやら、いつまでたっても帰ってこないイーライに業を煮やして迎えに来たらしい。

「いえ、決してそんなつもりは」

トリスタンは軽く頭を下げる。

「少し仕事の話があったのですよ」

イーライが言い訳する。

「まあ、無粋ですわよ。このような場でお仕事の話なんて」

「バンビレッド伯爵は早くも人気者なのですね」

嫌みというわけではなく、トリスタンは微笑んで言った。

それに夫人がくすくすと笑って、口元を扇子で軽く隠す。わずかにトリスタンの方に身を寄せて、内緒話でもするように声を潜めた。

「殿方がみんなお若い公女様に目の色を変えているので、ちょっとおもしろくないの。でもバンビレッド伯爵がわたくしたちのお相手をしてくださるから、許せているのよ」

「なるほど」

と、トリスタンはちょっと感心した。目から鱗《うろこ》、というのか。

わたくしたち、というのは、つまり有力貴族の奥方たち、ということだろう。表だって宮廷の役職に就いていなくても、夫や息子に対しての発言力は侮れないし、トリスタンたち王室護衛官にとってもなかなかうかがい知れない「裏の社交界」だ。彼女たちのご機嫌を損ねるのは得策ではない。

そこまで考えての行動かどうかはわからないが、どうやらイーライの派手な社交にも意味はあるようだった。

「お相手いただいているのは私の方ですよ。スペンサーのご婦人方はみんなお美しくて、洗練されたお話も楽しくて、つい手をとってしまいます」

それにイーライがにっこりと微笑んだ。

さすがにそつがない。トリスタンに対する時とは態度が違いすぎて、思わず白い目で眺めてしまいそうになる。ますます胡散臭《うさんくさ》さが募っていた。

「スペンサーに滞在中は退屈はさせませんわ」

いかにも意味深な夫人の言葉に、トリスタンは冷静に愛想笑いを浮かべただけだった。

本当にヘタな火遊びはやめてほしいが、まあ、イーライも貴族だ。そのあたりの付き合い方は心得ているのだろう。重く長い戦争のあとで、羽を伸ばしたいところなのかもしれない。

「では、資料をとりそろえて、レクチャーの日程はまたご連絡させていただきます」

思い出して言ったトリスタンに、よろしく、とうなずいて、イーライがきらびやかなドレスの中に消えていく。

ほっ、とトリスタンは大きく息をついた。

やはり無意識にも、肩に力が入っていたようだ。

以前の「承認式」の時のような厳重な警備が必要なわけではなかったが、そのあともトリスタンは広間や庭などを巡回し、マチルダ王女に呼ばれて使節の方々が礼拝をどうするのかを問われ、公女付きの侍女長に問題がないかの確認をとったり、明日以降の日程を調整したりと、せわしなく動きまわる。

と、月明かりだけのテラスの一つにブルーノとフェイスの姿を見つけた。なかば影になっていたが、馴染《なじ》んだ姿は見誤ることはない。

国王付きの二人の護衛官は、やはり同じメンバーの中でも別格という気がして、二人並んでいると少しばかり近づきがたい。

が、どうやらフェイスもこちらに気づいたらしく、手で合図されて、トリスタンはそちらに向かった。

テラスへ一歩踏み出すと、ひやりとした夜風が首筋をすり抜けて心地よい。人いきれで少し息苦しかったこともあり、思わず長い息を吐いた。

「お疲れ様です」

「君の方こそ」

軽く頭を下げたトリスタンに、フェイスが微笑む。

トリスタンはもちろんだが、二人とも護衛官の制服に身を包んでいた。黒のコートに緋色のマントだ。

フェイスはともかく、ブルーノは侯爵家の嫡子であり、自身も伯爵であるので、このような場ではその身分にあったきらびやかな服装でもよかったはずだ。だが、護衛官としての立場を優先している、という意思表示だろう。

トリスタンの与えられた「騎士」の身分は、貴族ではあるがその中では末端になる。由緒ある大貴族からすると、貴族の数にも入れられないような。

だがあえてそこに身を置いているブルーノは、それだけ護衛隊を大切に、誇りに思っているということで、トリスタンとしてもうれしかった。

もっとも護衛官であることを示すことで、「職務」を口実にダンスの誘いなどを断りやすくなったようなので、そんな実益をとったのかもしれない。

「悪いね、君に面倒なことを全部押しつけてしまっているようで」

「とんでもありません」

やわらかなフェイスの言葉に、恐縮してしまう。

結局、自分のできることをするしかないのだ。

「問題はないか？」

淡々とブルーノが確認してくる。

「バンビレッド伯爵から承認式についてのレクチャーを、ということでしたので、明日以降、

資料をまとめて時間をとろうと思います」

「承認式は段取りも、書類の形式もかなり複雑だからね。細かい質問もあるだろう」

フェイスがうなずく。

「そうか。他の仕事との兼ね合いが必要なら言ってくれ」

ブルーノもわずかに目をすがめて言った。

「大丈夫です。マチルダ王女の仕事が、いずれにしても使節の方々の接待関係になりますし。サイラスも手伝ってくれてますから」

「ハハハ…、公女様のお相手ね。確かにどっちが大変かは考えるところだな」

フェイスがくすくすと笑う。そして、わずかに目を見開いた。

「おっと、噂をすれば、かな」

その視線の先を追って振り返ると、サイラスがいくぶん疲れた顔で近づいてくる。

「サイラス、姫様たちは？」

尋ねたトリスタンに、サイラスが首をまわしながら答えた。

「なんとか寝室へ引きとってもらったよ」

「へえ、よく素直に帰ったね」

真夜中を過ぎたとはいえ、まだまだ舞踏会としては序の口と言える。

「公女様が今夜、アリシア王女の部屋にお泊まりするということで話がついた」

ああ…、とトリスタンは苦笑した。

では少女たちだけで、気の置けないパーティーの続きということだ。お茶やお菓子も持ちこんでいるのかもしれない。

もともと人見知りしない、明るい性格のアリシア王女だが、同世代で対等な身分の友人というのは今までいなかったのだろう。公女の方も同様だったのかもしれない。

と、サイラスが思い出したように口を開いた。

「そういえば、カレル公子から少し妙なことを聞かれましたけど」

その言葉に、ふっと怪訝《けげん》そうな視線が集まる。

「ラトミアに暮らしたことがあるか、と」

あ、と思い出してトリスタンも口を挟んだ。

「私もです」

「トリスもか。ファンレイも聞かれたみたいなんだよね。何だろう?」

サイラスがちょっと首をかしげる。

「フェイスは?　聞かれませんでしたか?」

トリスタンはちらっと横を見て尋ねた。

「いや、特に聞かれなかったな。私なら、しばらくいたことがあると答えられたのだけど」

ちょっと眉を寄せて、フェイスが考えこむ。

実はフェイスは、もともとスペンサーの人間ではなかった。この国に来るまでに、あちこちと旅してまわっていたようで、その分、いろいろな知識と経験もある。

「私もないな」

静かにブルーノが言ったが、まあ、ブルーノの身分ならそうだろう。そんな必要もない。とすれば、護衛官全員に聞いているわけでもないようだ。

尋ねる人間を選んでいるのだろうか？

自分とサイラスとファンレイ。共通点といえば、王室護衛官であることと……、あとは年齢だろうか。ともに二十五歳くらい。あるいは、護衛官以外にも尋ねているのかもしれないが。

「誰かを探しているということか……」

ブルーノがわずかに目をすがめ、なかば独り言のようにつぶやいた。

「また妙な復讐《ふくしゅう》を企《たくら》んでたりしてないといいけどねぇ…」

フェイスが苦笑いする。

先の承認式の時、そんなことでちょっとバタついてしまったのだ。

「できれば今回は、恩人とかを探しに来ててほしいね」

そんなフェイスの軽口にかまわず、ブルーノが冷静に言った。

「私たちで妙な動きがないか気をつけておくしかないな。他の使節の者についても、動向に注意しておいてくれ」

サイラスと視線を合わせ、はい、とうなずく。知らず下腹に力が入った。

では、とそろって去ろうとした背中を、ブルーノが呼び止めた。

「……ああ、サイラス。ちょっとかまわないか？」

呼ばれたのはサイラスだったが、トリスタンも無意識に振り返る。

その視線をとらえて、ブルーノが続けた。

「トリスタン、マチルダ王女にフロリーナ公女を招いて茶会か何か、催してもらえるかうかがってくれるか？　アリシア王女もご一緒に、なるべく早めがいい。例の婿捜しの件、ラトミア大公も了承されているのかどうか、それとなく確認してもらいたい。女性だけの集まりなら、少し打ち解けた話もできるだろう」

そういえばその問題もあった、と、今さらにトリスタンは思い出す。

確かに、その確認は重要だ。

大公の許可を得ているのか、公女が先走っているだけなのかで、こちらの対応はかなり変わってくる。

「わかりました」

トリスタンはしっかりとうなずいた。

「無理しないで」

横から労《ねぎら》ってくれるフェイスに、はい、とトリスタンも笑い返す。

無理をするつもりはない。

むしろやるべき仕事があるのはありがたく、ただ期待に応えられないことが不安だった。

5

ラトミアの使節が到着してから一週間ほどが過ぎ、双方ともにそろそろおたがいの存在に慣れ始めていた。

連日、王族や有力貴族たちが茶会だの、園遊会だの、詩の朗読会だの、観劇だのといろいろな集まりが催され、よく言えば、友好を深めている、というところだろうか。

トリスタンはおたがいに都合がよい合間をみて、一回に一時間ほど、イーライや他数名の担当者を相手に、東の離宮まで赴いて承認式関係のレクチャーを始めていた。

積極的に上がる質問は具体的で、承認式の準備、という来訪の目的も、あながち嘘ではなさそうだ。それだけかと言われると、やはり少し疑問はあったが。

カレル公子はその講義に顔を出すことはなく、むしろ軍の演習などにはよく見学へ行っているようだった。

他にも港の方までわざわざ足を運ぶ者もいたり、ラトミアへ続く街道や、橋の建設について担当者と話したいと希望する者もいたりと、それぞれが独自に動いているようで、やはりスペンサーの復興状況を視察に来た側面もあるのだろう。

ラトミア国境——スペンサーとラトミアと帝国の国境が接するあたりだ——での警備についての相談もあったが、それは国同士で協議すべきかなり大きな問題になるので、今回はその下準備というくらいだろうか。

この日、トリスタンが法律関係の古い資料の確認のために図書室を訪れた時、かなり奥の方でイーライの姿を見かけた。

図書室は王宮の中で重要な施設ではあるが、さほど人気のある場所とは言えない。ふだん出入りしているのは主に宮廷の官吏たちで、時間帯によっては人気《ひとけ》も少ない。

それだけに、逢《あ》い引きに利用する不届き者がいるという話はちらっと聞いてもいたが……。

無意識にそっと足を忍ばせて近づくと、案の定——というべきか、もう一人、一緒だった。

しかも、まだ十五、六歳の純真そうな若い侍従だ。なかなか見目もいい。

頬を紅潮させ、大きな目でイーライを見上げて、何か話しかけている。

あの年頃の少年にとっては、外国から来た身分のある客人、しかも体格も容姿も優れた勇敢な軍人となると、十分に憧れの対象になるのだろう。

トリスタンはちょっとあっけにとられてしまった。

確かにカレル公子は、イーライが女にも、そして男にも手が早い、とは言っていたが。

自国の前途ある少年を毒牙にかけるわけにはいかない。

トリスタンは意識的に大きな咳払いをした。

瞬間、ハッと二人がこちらを見る。

少年がいかにもあせった顔で頭を下げると、顔を赤くしたまま、「失礼いたしましたっ」とバタバタと逃げるように去って行った。

「失礼を。お邪魔してしまいましたか？」

トリスタンはことさらにっこりと愛想笑いで詫《わ》びを口にする。しかし目が笑っていないのは、自分でもわかっていた。

「いや、とんでもない」

イーライが肩をすくめて、さらりと答える。

「感心しませんね。ここは無垢《むく》な若者を口説く場所ではありませんよ、イーライ様。彼が本気になったらどうするおつもりです？」

いくぶん手厳しく、トリスタンはピシャリと言った。

もちろん恋愛は自由とはいえ、これは既婚女性を相手に、おたがい納得ずくの一夜の恋を仕掛けるのとはわけが違う。タチが悪い。

イーライなら、あのくらいの少年を夢中にさせることくらい、わけはないのだろう。

「人聞きが悪いな。彼にはここまで案内してもらっただけだよ」

いくぶん苦い顔で、イーライがうなる。

「図書室に何のご用が?」

「敬意を表して、少しスペンサーの歴史を学ばせていただこうかと思ってね」

冷ややかに尋ねたトリスタンに、澄ました顔でイーライが答えた。

確かに、このあたりはスペンサーの歴史を記した書物が置かれている一角だ。手にしていた革張りの一冊も、どうやら二十年ほど前の戦争時の記録らしい。

「何か知りたいことがおありでしたら、私に聞いていただいてかまいませんが?」

「おいそがしい王室護衛官のお手をそうそうわずらわせるのも申し訳ないからね。君がくわしい時代の話でもないだろうし。……これは、部屋に借りていってもかまわないかな?」

手にしていた本を軽く持ち上げて聞かれ、どうぞ、とトリスタンはうなずく。

極秘扱いの書物ではなく、誰でも手にとれるものだ。

「それはそうと……、そろそろ俺の呼び名から『様』も外してほしいな」

厚い本を肩に担ぐようにしながら、どこかおもしろそうな口調でイーライが言った。

「いえ…、そういうわけには」

トリスタンはちょっととまどって、目を瞬かせた。

「かなり距離を感じてしまうのだが」

トリスタンの顔をのぞきこむようにして、イーライが軽く首をかしげる。

「適切な距離だと思いますが?」

ぐっと腹に力をこめて、トリスタンは男を見返した。

これ以上、距離を縮める必要もない。

うかつに近づくのも、……ちょっと危険な気がする。なんとなく。

やはり少し、苦手なタイプなのだろう。

ズカズカと無遠慮に、気持ちの中に入りこまれるようで。

自分に自信があり、否応なくまわりを巻きこむ力がある。よくも悪くも、だ。

いくぶん硬く答えたトリスタンに、イーライが苦笑した。

「そんなに身構えなくても。君は私たちにレクチャーしてくれる『先生』でもあるのだし」

「そんな大層なものではありません。私の役目なのですから」

「ではこれから、俺も君のことは先生と呼ぶことにしよう。トリスタン先生」

いかにもとぼけた顔で言ったイーライに、トリスタンはちょっとあわててしまった。

「それは…、おやめください」

何様かと思われてしまう。

「では君も、俺のことは気軽に名前で呼んでくれるかな？　君とはずいぶん親しくなったと思っているし、……そう、おたがいに隠すところのない裸を見せ合った仲だしね。今さら、非礼だなんだという間柄でもないと思うよ」

「それは……」

唇の端でにやりと笑って言われ、トリスタンは口ごもった。

今さらに思い出して、頬が熱くなる。知らず視線が漂った。

あの時はまさか、隣国の伯爵だとは思ってもいなかったのだ。だまし討ちのようなものだ。

「そんなに困るようなことかな？　別にいじめているわけじゃないんだが」

イーライが顎を撫でて低くうなる。

「ではせめて、二人で話す時くらいは。何の問題もないと思うよ」

重ねて言われ、トリスタンはため息とともにうなずいた。

「わかりました、イーライ」

二人だけで話す機会というのが、そう頻繁にあるわけでもない、と思う。

「よかった」

満足そうに男が微笑む。

何なんだ…、と思っていると、イーライが思い出したように続けた。

「そうだ。明日、遠乗りのお誘いを受けているのだが、馬を借りられないかな？　俺の馬は少し調子が悪いようでね」

「あ…、はい。では厩舎《きゅうしゃ》の方に伝えておきます」

「君も一緒にどう？　……あ、馬には乗れるの？」

からかうように、というわけでもなく、本当に疑わしげに聞かれて、さすがにちょっとムカッとする。

「ええ。猫を助けるよりはうまいでしょう。父が昔、陛下の馬番をしておりましたから、私も子供の頃から馬の扱いには慣れています」

父のように、専門職にするほどではないにしても、だ。

「ほう…」

トリスタンがいくぶん冷ややかに返すと、イーライがわずかに目を見開いて、小さくつぶやいた。

そんなに自分が馬が扱えることが意外なのか？　と思うと、やはりおもしろくはない。

それはもちろん、この男の自分への評価が高いわけではないとわかっていたけれど。

「けれど、申し訳ありません。明日は遠乗りにお付き合いする時間はないようです」

あっさりと断ったトリスタンに、イーライが軽くうなずいた。

「残念だ。でも帰る前に一度、君の華麗な手綱さばきを見たいね」

クスッと笑って、今度はまちがいなくからかっているのだろう。

「ええ、機会がありましたら」

トリスタンはことさら儀礼的に返した。

しかし実際、馬くらいはまともに扱えるところを見せておくべきだろうか、という気もする。

何の取り柄もなく王室護衛官をやっていると思われるのは、自分の名誉というよりも、護衛隊にとって問題だし、……しかし馬が扱えたからと言って、護衛官が務まるわけでもないのだ。むしろ、最低限の能力だろう。

イーライと話すと、やはり少し、劣等感を刺激されてしまう。

自分と違って、イーライがすべてを持っている男だからだろうか。地位や身分。男としての体格も、軍人としての能力も。そして宮廷人としての華やかさも。

もちろんイーライと張り合うつもりなどないが、やはり最初に会った時、叱《しか》られたことが心に刺さっているのかもしれない。

……二年前までいたかつての部署で、やはり意味もなく叱り飛ばされることが多かったから。

もちろんあの頃は戦争中で、まわりはみんな殺気立っていた。必要以上に攻撃的になっていたのだろうけれど。

イーライが本を抱えて図書室を出たあと、ようやく思い出して、トリスタンは古い法律関係の本をあさり、必要な部分を確認して外へ出た。

王宮の中心部の方へ向かうにつれ、人の流れが多くなる。官吏や侍従たちが、それぞれの仕事で足早に通り過ぎる姿はやはり活気があった。

戦争中とはまったく違って、その表情も明るい。

みんなそれぞれに、独立を勝ち取ったスペンサーの未来のために動いているのだ。

それを思うと、トリスタンも少し力が湧いてくる。

「あ、トリス。今、もどり？」

足早に歩いていると、サイラスと行き合った。

「うん。お疲れ」

トリスタンも笑顔で片手を上げる。

サイラスが今手がけているのは、宮廷内の役職の見直しについてだ。これはこれでややこしく、複雑な人間関係も絡まって難しい。

それと、もちろん、アリシア王女のお世話だ。

と、二人で執務室へもどる途中の中庭で、アリシア王女とフロリーナ公女が仲良くキャッキャッとはしゃいでいるところに出くわした。

どうやらラトミアの使節の中で、純粋にスペンサーでの滞在を楽しんでいるのは、やはりフロリーナ公女のようだ。

噴水のそばの東屋《あずまや》は初夏の日射しをほどよくさえぎり、吹き抜ける風も心地よくて、昼下がりを過ごすにはちょうどいい。

「サイラス！」

二人に気づいたアリシア王女が、大きく手を上げて呼び寄せた。

一瞬、サイラスと顔を見合わせたが、無視するわけにもいかない。トリスタンだけ、先にもどってもよかったのだろうが、サイラスの眼差しからすると、引き止められているようでもある。

公女がアリシア王女と仲良くなったせいで一緒に行動することも多く、流れで客人の中でも公女に関してはサイラスが面倒をみる形になっていた。

トリスタンとしては借りができているわけで、このくらいの付き合いは当然とも言える。

そろって東屋に足を踏み入れ、お茶を前にゆったりとカウチに腰を下ろしていた姫君たちに丁重に一礼した。

「ずいぶんお話が弾んでいらっしゃるようですね」

サイラスがにっこりと微笑む。

実際少し遠くからでも、快活な笑い声は響いていたのだ。

「ね、スカーレットの方々は恋人がいらっしゃるのかしら?」

しかしそんな挨拶にかまわず、キラキラした瞳で公女が単刀直入に尋ねてくる。

「サイラスはいないわよね。ブルーノとか、フェイスはどうかしら? 愛人くらい、いそうよね。トリスタンは?」

それにアリシア王女が質問を重ねる。

決めつけられたことが不服なわけでもないだろうが、サイラスがいくぶん渋い顔で言った。

「はしたないですよ、姫様。結婚前のお嬢様がそのような」

「あら、フロリーナは夫となるべき方を探しにきているのよ。そのくらいの事前調査は当然でしょう」

どうやらこの分では、宮廷中の若い男が値踏みされていそうだ。

先日、ブルーノから指示された通り、トリスタンはマチルダ王女へ女子会の開催を依頼していた。さすがに年長の王女もそのあたりの政治的な思惑は理解していて、翌日あたりには早々に公女を若い女性ばかりの茶会に招待してくれた。

うまく話も誘導し（そうでなくとも、女子会の話題といえば恋愛話になるのだろうが）、必要なことは聞き出していた。

今回の婿捜しというのは、まあ、当然ながら、ラトミア大公が直接指示したわけではなさそうだ。だが、こちらの感触を探るにはいい機会だと考えているようだった。

例の帝国の王子との縁談も、まだ正式なものではなかったが、それとない打診はあったらしい。話が進んでいないのは、当の王子が他国への婿入りを嫌がっているからのようだが、そもそも政略結婚であれば、説得されるのは時間の問題だろう。

ラトミア大公としては、その前に断る口実を探しておきたいところで、一番手っとり早いのは、すでに大公女には婚約者がいる、という事実を作っておくことになる。例えば相手がスペンサーの王子であれば、申し分ない。

だがそうなると、それはそれで、スペンサーとしても対応に苦慮するところだ。

ここでラトミアにスペンサーの王子が婿入りするとなると、あからさまに帝国に対する敵対とも受けとられかねない。かといって、みすみす帝国の王子を婿入りさせ、ラトミアが帝国の傘下に入るようなことは避けたい。

何というか、政治的な意図はなく、大公女が恋に落ちてどうしてもその相手と結婚したいとせがまれた、とかいう流れを作れれば（表向きだけにしても）、なんとか言い訳が立つ、ということなのかもしれない。

「……まあ、よいご友人になられたようでなによりです」

王女のある意味、正論な反撃に、ちょっと咳払いしてサイラスは言葉を濁す。

「そうなの！　来てよかったわ。今度はラトミアにも遊びに来てね、アリシア」

「ええ、絶対ねっ」

二人で手をとり合って盛り上がっていたが、サイラスは短いため息をついてちょっと天を仰いだ。

それはそれで面倒、という横顔だ。

まあその折には、間違いなくサイラスも随行することになるだろうから。

他人事《ひとごと》にちょっと笑ってしまったトリスタンだったが、横目で軽くにらまれる。

だがもしそれが実現した場合、ラトミアへ出向いたサイラスが、エレオノーラ大公女と恋に落ちる可能性もあるわけだった。泣いて結婚をせがむのであれば、さほど身分がない方が信《しん》憑《ぴょう》性《せい》も増すし、サイラスが次のラトミア大公になる可能性もないわけではない。

単なる空想に過ぎないが、ちょっとわくわくする。

幼友達が国を離れるとなると淋《さび》しくはなるだろうが、サイラスにとっては素晴らしい未来が開けるのだ。

人生をかけるにふさわしい、二度とない機会だ。

行け！　がんばれ！　と声を上げたくなる。

と、その時、宮殿の回廊の方から女性の声が大きく響いてきた。

「姫様、そろそろおもどりください。カレル殿下がお呼びですよ」

二人の姫様がそろって振り返ったが、どうやらフロリーナ公女のようだった。

ラトミアから随行してきた侍女で、きっちりときつく髪を結い上げた、三十代なかばの地味で厳格そうな顔立ちの女だ。

「すぐに行くわ、ヒルダ」

それに公女が大きく声を返した。

「私のお目付役なの。うるさくて」

公女が肩をすくめて立ち上がる。

「今度は踊ってくださるわね？」

という、本気か社交辞令かわからない言葉に、二人は愛想笑いだけでフロリーナ公女の背中を見送った。

公女と合流した侍女がこちらに一礼したのを受けて、二人も丁重に挨拶を返す。

「さて、姫様。そろそろお勉強のお時間では？」

残されたアリシア王女に、サイラスがおもむろに告げる。

「ね、それより、聞いてっ」

しかし王女はそれを耳から抜かして、ぐっと身体を近づけてきた。

「それよりじゃ……」

「実はエレオノーラ大公女って、宮廷画家と恋仲になったんですって！　だけど身分違いで大反対されて。それでその画家の人、ラトミアの王宮から追放されたそうよ」

サイラスの小言をさえぎって、王女がうきうきと話し始める。

予想外の内容に、思わず二人とも言葉に詰まった。

確かに「それより」重要な情報にも聞こえる。

やはり高貴な身分とはいえ、年頃の女の子だ。そんな噂話は大好物らしい。

「画家…、ですか」

ようやくサイラスがつぶやくように繰り返した。

あ、とトリスタンは思い出す。

「もしかすると、アダム・ノルデンですか？　今、こちらの宮廷にいる？」

「そうよ！　すごい！　よくわかったわね、トリスタン」

王女が目を丸くする。

「なるほど……」

それであの時のイーライの表情か、とトリスタンも納得した。

それはさすがに言いづらいはずだ。

王女は夢見るように指を組んで、さらに続けた。

「で、フロリーナが今回スペンサーに来たのって、大公女様からの恋文を運んできたんですって！　ロマンチックだと思わないっ？」

——マジか……。

サイラスではないが、思わずそんな俗な言葉が口をついて出そうになった。

ロマンチックどころではない。うっかり逢い引きとか駆け落ちの相談だったりすると、目も当てられない。いや、仮に別れを惜しむ手紙だったとしても、大公女が男に宛てた恋文など、将来的に大きな醜聞になりかねないのだ。

知らず顔が引きつってしまう。

いやまあ、スペンサーの王室護衛官の立場からすると、関係ないと言えば関係ない他国の話ではある。が、わかっていて見過ごしていいものかどうか、やはり悩む。

「あっ、でもこのことは内緒よ？」

あわてたように王女は言ったが、そういうわけにはいかなかった。

ヘタをすれば国際問題だ。できれば、その恋文とやらを回収するべきか、あとでミーティングで諮《はか》っておくべきだろう。

「ともかく、姫様はお部屋へおもどりを。先生をお待たせしてはいけません」

ぴしりと言ったサイラスに、えーっ！　と不満そうに王女が唇をとがらせる。

「サボられるようでしたら、今日の時間分、明日の授業を延ばしてもらいます。そうすると、明日のピクニックに行かれませんよ？」

「わかったわよ」

厳しいサイラスの言葉に、膨《ふく》れっ面で王女が立ち上がる。

「あとで先生に確認しますからねっ」

その背中に追い打ちをかけたサイラスに、王女が振り返って、イーッ！　と顔をしかめる。

相変わらずのお転婆ぶりではあるが、以前から比べるとサイラスもかなり王女の扱いがうまくなったようだ。

「にしても……、まいったな」

王女の背中が消えてから、サイラスが腰に両手を当て、ハーッ、と長い息を吐き出した。

「まさかそれが使節の真の目的ってわけじゃないだろうけど、公女様にしてみれば、婿捜しよりは手紙の配達だったのかもね」

トリスタンも、無意識にこめかみのあたりを指で押さえてため息をつく。

もっと大変なことじゃなくてよかった、という安堵と、たかが色恋沙汰でこんなに振りまわされるのか、という疲れとで、がっくりと首が折れた。

「内緒と言われても、それは無理だよなあ」

そろって歩き出しながら、サイラスが渋い顔をする。

やはりそう言われた以上、気がとがめるのだろう。王女との信頼関係にも関わる。

「そうだね」

だが、トリスタンもうなずくしかない。

可愛《かわい》らしい恋の話ではすまないところが、大公女の立場と身分なのだ。

「今日の円卓の議題にのせた方がいいのかな？」

「どうだろう？　ブルーノに伝えるだけでもいいのかもだけど」

「ていうか、このこと、カレル公子とか、他の使節の人間は知ってるのかな？」

ふと、サイラスが首をかしげる。

「いや、まさか」

自分で答えてから、ようやくトリスタンもそれに思い至る。

「知ってたら、届けさせるはずはないと思うけど」

何が何でも奪いとって、破棄していたはずだ。もちろん、フロリーナ公女が今回の来訪に同行できたはずもない。

「だよね」

むおぉぉっ、とサイラスが天を仰いでうなる。

つまりこの事実を、カレル公子やイーライに伝えるべきかどうか、という新たな問題が出てきたわけだ。

伝えれば当然、とり返そうとするだろうし、フロリーナ公女は恐ろしく叱られるだろうし、うっかりもらしたアリシア王女との仲も壊れるかもしれない。

両国の友好関係にヒビが入る……、いや、黙っていた方がさらにマズいわけだが、やはり王女様同士の仲がこじれるのは望ましくない。

「やっぱ、全体会議かな」

はぁ、とサイラスがため息をついた。

たかが恋文、されど恋文、というところだ。

そろそろ護衛隊の執務室があるあたりへ差し掛かり、ちょうど別の回廊からフェイスもやってくるのが見えて、サイラスが軽く片手を上げる。

と、その中指が一瞬、太陽の光を弾《はじ》いて輝いたのに、トリスタンはちょっと目を細めた。

どうやら左手の中指に、銀の指輪がはまっているようだ。

「あれ…、それ、どうしたの？　そんなの持ってたっけ？」

そんな問いが、何気なく口からこぼれていた。

もちろん、騎士の身分にもなり、その程度のしゃれっ気を出して悪いわけではないが、長いつきあいで今まで見たことがなかったのだ。

「ああ、これ……」

サイラスが下ろした指にちらっと目をやり、軽くかざしてトリスタンに見せてくれる。

「こないだ家に帰った時、父さんから渡されたんだよね。そろそろ僕が持っててもいいだろう、って」

「へー、すごいね。由緒正しい家だったんだ。代々伝わってたの？」

重厚な印章などではなく、シンプルな丸い形だったが、小さく月と星の模様が彫りこまれている。

「いや、父さんが昔、戦争中に何か功績があってもらったモノみたいだよ。ほら、前の独立戦争の時」

二年前に終結した五カ国戦争ではなく、二十数年前の、結局失敗に終わった独立戦争だ。

トリスタンたちが、二、三歳くらいの時だろうか。幼すぎてまったく記憶にもないが、スペンサーでも苦い歴史として残っている。

確か、ラトミアと帝国との国境あたりで起きた小競り合いが発端だった。スペンサーの国境とも近かったために派兵して、一時、独立の気運が高まったのだが、やはり帝国とは圧倒的な武力の差があったらしい。自治権を維持するのがやっとで、半年ほどで終結した戦争だった。

今のスペンサー国王も、まだ王太子だった時代だが従軍していたようだし、トリスタンの父も専属の馬係として随行していたはずだ。

若き日の苦杯が王にとってはいい経験となって、今回の勝利につながったのだろう。

トリスタンたちの知らない歴史である。

……いや、この前の戦争にしても、トリスタンは実際に剣を握って戦ったわけではない。

他の護衛官たちはみんな、この国の独立のために命をかけ、その功績をもって今の立場にいるというのに。

「じゃ、家宝だね。大事にしないと」

胸の奥の痛みを押し隠し、トリスタンはそっと微笑んだ。

「なくすと怖いけど」

サイラスが小さく笑う。

やはり王室護衛官を拝命し、「騎士」になったことで、サイラスも両親から一人前だと認められたのだろう。

騎士の栄誉を得て、それにふさわしく、自分に何ができるのだろう?

ふっと考えてしまう。

今の、自分のしている仕事など、本当は誰にでもできることなのだ。自分でなくても問題はない。

偽物の騎士――。

そんな苦い思いが、胸に突き上げてくる。

だからこそ。

自分にできるすべてでとり組むしかなかった。

恋文案件については、事前にブルーノに相談してから、やはり会議に上げることになった。他の護衛官たちからも意見を募り、最終的には、やはり恋文の存在をラトミア側に伝えないわけにはいかないが、フロリーナ公女やアリシア王女の知らないところで決着をつけた方がいいだろう、ということで結論がついた。

つまり角が立たないように、こちらの手で恋文をとりもどしてから、それをカレル公子かイーライに渡し、穏便に収めてもらう、という流れだ。

「まあ、ラトミアに貸しを一つ作れるしね」

と、微笑《ほほえ》んでフェイスが言った。

いつも温和で、どんな状況でも客観的な見方をする人だったが、にっこり笑ってシビアな一面もある。

6

そして、使節が訪れて半月ほどがたった頃。

トリスタンは例によって承認式のレクチャーを続けていたが、この日はカレル公子もめずらしく顔を出していた。

下準備のほとんどは官吏たちがおこなうのだろうが、ラトミア公家の一族としてはやはり式でも重要な役目を担うはずで、それなりの知識は持っておいてほしい、という大公の意向のようだ。

承認式、というのは、本質的には二年前の五カ国戦争終結時に帝国と締結した合意条項の細かな確認、ということになる。

基本は帝国対他の四カ国、という形で、領土の不可侵や補償について条約が結ばれているわけだが、やはり国境線の設定や、国境沿いの要塞などの所有権、捕虜の扱いについてなど、それぞれの国で個別に状況が違う場合もある。

あとで難癖をつけられないように、帝国の公文書の書式や、条約内容の記す順番、どういう文言を使うか、使わない方がいいか、とか、サインをする場所と肩書きなど、準備する書類についての、いちいち細かい注意点。さらに儀式の進行についても、面倒なマナーがある。

だが要するに、あの時こう言った、言わない、というようなことを帝国に言わせないように、他の四カ国でがっちり言質をとる、という意味合いが大きい。

さらには、承認式に付随する晩餐会《ばんさんかい》などでの、各国の席順とか、呼び上げる順番とか、細かいところを言えばキリがないくらい、さまざまな決まりごとがあった。

そんな小難しい作法や書式について、公子はあまり興味はなさそうだったが、それなりに真面目に説明を聞いてくれた。

とはいえ、終わった時には表情が明らかに違っていたが。

やるべきことはやったので、あとは自由だ、という解放感のようだ。

「そういえば、トリスタン」

そんなのびのびとした気分のまま、公子が気安く声をかけてくる。

トリスタンとしても、馴染《なじ》んでもらっているようで少し安心するところだ。

「はい。何でしょう?」

「軍の訓練を何度か見せてもらったのだが、できれば俺も身体《からだ》を動かしたい。参加させてもらうことは可能だろうか?」

どうやら、しばらく身体がうずうずしていたようだ。

「それは即答しかねますが、将軍にお聞きしておきます。……しかし、よろしいのですか?」

正直、公子に怪我《けが》などされるとまずい、とは思う。

ちらっとイーライに視線を向けると、仕方がない、という表情で小さく肩をすくめた。

「そうだ。その前に一度、王室護衛官と手合わせを願いたいな。トリスタン、このあと少しどうだ?　そうたいして時間はとらせない」

わずかに身を乗り出して、期待いっぱいの笑顔を見せる。

「あの…、申し訳ありません。私は剣が得手ではありませんので、手応えのあるお相手にはなれないでしょう」

申し訳なく、トリスタンは頭を下げた。

「王室護衛官なのにか？　王族の警護をしているのだろう？」

公子がわずかに眉を寄せて、怪訝《けげん》そうに聞いてくる。

悪気があるわけではなく、純粋な疑問だったのだろう。王室護衛官である以上、王族を守るためには一定以上の剣の技量があるのが当然なのだ。

トリスタンはぐっと、奥歯を嚙《か》みしめた。

私ではやはり、護衛官の評価を落とすばかりだ……。

そんな苦い思いが湧き上がってくる。

「殿下、今は戦後ですよ。新しい国を造るのに必要なのは、武力よりもむしろ知識であり、実務的な能力と行動力でしょう」

しかしふいに、淡々としたイーライの声が聞こえてくる。

えっ？　と、トリスタンは顔を上げた。

そんな言葉がこの男の口から出たのが、少し意外だった。

「スペンサーの国王はそれをよく理解されている」

「なるほど。ならばラトミアでもおまえのような武勇に優れた男よりも、もっと実務に長《た》けた人間を重用すべきということだな」

イーライの方を振り向いた公子が、にやりと意味ありげな笑みを見せる。

いつもの軽口にも聞こえるが、なんだろう？　トゲ、というか、二人の間に微妙な緊張感があるような気もする。

本当は、関係がよくないのだろうか？

ちらっとそんな心配が胸をよぎった。

イーライはラトミア大公の懐刀だと言っていたが、そのやり方に公子としては不満があるとか？

「適材適所ということです。私も、私のお力になれる場所で、全力を尽くす所存ですよ」

「おまえも国の未来を考えてくれているわけだな」

「もちろんです。公子と、思いは同じはずですから」

おたがいに目を逸《そ》らすことなく、まっすぐに見つめ合う。にらみ合う、と言った方がいいくらいの緊迫感だ。

実際、それが伝染したように、他の使節の者たちもハラハラとした眼差《まなざ》しで二人を見つめている。

と、その空気を感じたのか、イーライがふっと視線を外した。

そしてちらりとトリスタンに目を向けて、どこかいたずらっ子のような笑みをみせる。

「実のところ、私の真価は武勇ばかりではありませんからね。剣の腕と、知力と、双方が兼ね備わっていれば最強でしょう」

　あきれるばかりの大口ではあるが、それで緊張感が一気に緩んだ。

「なるほど、剣の腕と知力か。では、それにくわえて美貌《びぼう》も持ち合わせているブルーノ・カーマイン卿には、おまえも負けるわけだな」

　公子の方も、今度は明らかに冗談のような口調だった。

「……まあ、それは否定できませんね」

　イーライがいくぶん悔しそうに低くうなる。

　確かにブルーノのような男は無敵だな、とトリスタンも内心でちょっと笑ってしまった。

武勇と知性。それに容姿と、身分、家柄までそろっている。

「同僚にあのような男がいるとやりにくかろう?」

　ふっとトリスタンに向き直って、公子がおもしろそうに尋ねてくる。

「頼りになります」

　微笑んで、トリスタンはそつなく答えた。

　護衛官として対等な立場にあるとはいえ、正直なところ何もかもが違いすぎて、ライバル心を抱く余地もない。

　ようやく空気も和らいだようで、トリスタンは続けて言った。

「剣の訓練をなさりたいのでしたら、他の護衛官を呼びましょう。それこそブルーノでも…、もしくは、ディオン王子にお願いしてもよいかと」

ディオン王子は五カ国戦争の英雄だ。周辺諸国にまで、その勇猛さは鳴り響いている。公子にとっても相手として不足はないはずで、ファンレイを通じて頼めば、王子の方も気安く受けてくれそうだった。身分にしては、さばけた人柄だ。

「ディオン王子か。そうだな。一度、お手合わせ願えれば光栄なことだ」

案の定、公子が顔を輝かせる。

「では、殿下のご都合をおうかがいしておきます」

「ああ。楽しみにしている」

満足そうに大きくうなずき、公子が機嫌よく部屋を出た。

他の男たちも、どこか安堵《あんど》した様子でぞろぞろと退出していく。

彼らも役目とは別に、思い思いにスペンサーでの滞在を楽しんでいるようで、親しくなった貴族の家に招かれたり、街へ出てものめずらしい食べ物に舌鼓を打ったり、……どうやら、娼《しょう》館《かん》などに出入りしている者もいるらしい。まあ、大きな騒ぎを起こさない限り、少々ハメを外すのは仕方がないのだろう。

使った資料を手元にまとめてから、ふと顔を上げると、一人残っていたイーライとまともに目が合う。

どうやら見つめられていたらしく、少しあせりつつも、思い出して礼を言った。

「イーライ様、先ほどはありがとうございました。けれど、あなたに私の実務能力を評価していただいているとは思いませんでした」

正直な感想だ。

「イーライ」

ちらっとにらむような、楽しそうな目で指摘され、ああ、と思い出す。そういえば、二人きりだった。

「イーライ」

言い直すと、大きくうなずく。そして、腕を組んで微笑んだ。

「君にはこれだけ世話になっているのに？　俺はそれほど礼儀知らずではないつもりだ」

「礼儀の問題ではないでしょう」

「君のレクチャーはわかりやすいし、要点もはっきりしている。もらった資料はこのまま官吏たちが使えるだろうし、十分な成果を国に持って帰れそうだ」

「それは……、よかったです」

まともに褒《ほ》められて、ちょっととまどってしまう。思わず、目をパチパチさせてしまった。

「君はマチルダ王女の護衛官なんだね？」

「ええ」

「過不足のない接待で、しっかりと女主人の役割を務めていらっしゃる。君のサポートがいいせいでもあるのだろうが」

「……今日はずいぶんと褒めてくださいますね？」

思わずうかがうように尋ねてしまった。

何か裏があるのでは、と少しばかり胡散臭《うさんくさ》く思えるくらいだ。

それにイーライが心外そうに言った。

「俺は正当に評価すべきところはするよ。秘書の役どころは、できてあたりまえの部分が多いせいかなかなか評価されにくいが、きちんともれなくやろうとすると容易ではない。主《あるじ》の仕事を先読みする必要があるから、調整力も観察力も必要だ」

そんな言葉はやはり意外でもあり、しかしうれしくもあった。確かに、なかなか評価されないところでもある。

わかってくれる人がいる、見てくれる人がいる、というのは心強いし、自信にもなる。

護衛隊の他のメンバーも、実際にトリスタンの特性を見てマチルダ王女付きに推薦してくれたようで、そのおかげでトリスタンにもできる仕事があるのだ。

とはいえ、過分な評価でもあった。

「ありがたいお言葉ですが…、マチルダ王女がそもそもそういった心遣いの細やかな方なんですよ。スペンサーでは王妃様がいらっしゃらない時期の方が長いですので、早くから代わりに宮廷内の社交的な部分をとり仕切っていただいておりましたから」

来賓の接待だけでなく、宮廷内の人間関係なども——特に男では気づきにくい夫人たち、令嬢たちの間の問題などにも注意を払い、さりげなく調停してくれている。

宮中での暗黙の作法やら、不文律についても、いまだ不慣れなことが多いトリスタンにとっては配慮してくれるよい主であり、むしろ学ぶことの方が多い。

「そういえば、国王陛下は新しいお妃《きさき》を迎えるおつもりはないのかな？」

ちょっと首をひねり、ふとイーライが尋ねてくる。

「今は国の復興に向けて、仕事に没頭していらっしゃるようですから。特別な方もおられないようですし」

二人目の王妃を亡くしてから、すでに十年以上にもなるので、新しく迎えても不思議ではないのだが。

何気なく答えてから、あっ、とその考えが頭をよぎった。

「もしかして、フロリーナ公女をスペンサーの王妃にと考えていらっしゃるのですか？」

思わず声に出たトリスタンに、イーライがちょっと目を丸くして苦笑いした。

「まさか。さすがにそれはうがち過ぎだよ。年が違いすぎる」

四十代後半の国王と、十代なかばの公女だ。確かにそうなのだが、一般的に身分のある年配の男とうら若き女性との結婚など、腐るほど事例はある。そうでなくとも、一国の王なのだ。望んでできないことはない。

公女自身にそのつもりはなくとも、カレル公子やイーライからすると、公女のワガママを聞いて同行を許したのは、あわよくばスペンサー国王の目にとまって王妃に――という僥倖《ぎょうこう》を期待する考えがまったくないとは言えない……のではないか。

だがまあ、いずれにしても国王陛下においては、若い娘にさほど興味はないようだった。臣下としては幸いなことに。王が若い女に入れこみすぎて、一国が傾いた例は多い。

だが王はフロリーナ公女に対しても、最初に来訪の挨拶を受けたあとは、ほとんど顔も合わせていないだろう。

「しかしスペンサーの国王陛下はたくさんのお子様方に恵まれていらして幸運だね」

どこかしみじみと言われて、確かに子供が大公女一人というのは、淋《さび》しいだろうな、とは思う。上に男児も生まれていたはずだが、早くに病死されたようだ。

とはいえ、子供が多すぎると後継者争いも出てくるわけだから、どっちもどっちだろう。

「ラトミアの大公殿下も、まだこれからお子様の誕生を望むことはできるのでは？」

確かまだ四十代なかばで、スペンサー国王よりもいくつか若かったはずだ。

大公妃はまだご健在だが、大公より少し年上だったと記憶しているので、正妃との間の子供は難しいかもしれない。だがまあ、若い愛妾《あいしょう》がいて不思議な身分でもない。

実際のところ、スペンサーでも五男のディオン王子は王が手をつけた侍女の子供だ。

ハハハ…、とそれに、イーライがちょっと乾いた笑いをもらす。

「まあ、そうなんだろうけどね。大公妃殿下がなかなかきついお方だから」

少しばかり言葉を濁したが、なるほど、とトリスタンも内心で察する。

大公妃は代々宰相の職を務めるような、ラトミアでも有力な貴族の令嬢だったから、大公もそうそう怒らせるわけにはいかないということらしい。

エレオノーラ大公女がいるとはいえ、やはりラトミアが後継者の問題で悩んでいるのは確かなようだ。

「カレル公子が跡を継がれるということにはならないのですか？」

思いついて、トリスタンはそんな疑問を口にする。

直系の男子がいなければ、一番近い男系に王位が受け継がれる例は普通にある。

それにイーライが少し難しい顔で顎を撫《な》でた。

「それは……、どうかな。今まで直系で続いてきた家系だからね。大公のお心次第ではあるだろうが」

「ああ、失礼しました。私が口を出すようなことではありませんね」

気がついて、トリスタンはあやまる。

それぞれの国で事情は違う。出過ぎた発言だった。

「まあ俺としては、誰が主であれ、国に忠誠を尽くすだけだが」

さらりと、しかしまっすぐな眼差しでイーライが言った。

国に尽くす——。

そういう意味では、イーライも自分も同じなのだと、初めて共感を覚える。

一見、浮ついているようにも見えるが、自分に厳しい男なのだろう。

「歩きながらでいい。もう少し、話を続けてかまわないか？」

礼儀正しく聞かれ、はい、とうなずいて、二人で部屋を出て歩き出した。

何かといそがしいトリスタンに配慮してくれているようだ。客人だし、トリスタンが世話係なのだから、気にする必要はないのだが。

とはいえ、何の話だろうと思ったら。

「そういえば、君はサイラス・ピオニー卿とは仲がいいのか？」

いきなりの問いに、トリスタンはちょっと瞬《まばた》きする。

「ええ。サイラスとは家が近所で幼馴染《おさななじ》みですから。昔から親しい間柄です。彼が何か？」

「ああ…、いや、フロリーナ公女がお気に入りのようだったからね」

少しばかり言いづらそうに答えてから、続けて尋ねた。

「野心家なのかな？」

「いえ、そんなタイプでは。今の地位に満足していると思いますが……」

何を聞きたいのか、正直、ちょっとわからない。

一瞬困惑したが、ハッと思いついた。

もしかすると、フロリーナ公女がサイラスに恋心を抱いているのだろうか？

アリシア王女付きのサイラスは、自分よりもずっとフロリーナ公女との接点は多い。おたがいを知る時間も十分にあったはずだ。

つまりフロリーナ公女の夫として、サイラスがどういう人間か知りたいのではないか、と。

「彼は…、サイラスはいい男ですよ。私と比べて剣の腕もずっといいですし、顔に似合わず男気も、正義感もある。女性には優しいですし、明るくて、前向きで、新しい環境に飛びこんでもうまくやっていける男です」

そう思うと、少しでも後押しになるように、無意識に前のめりで売りこんでしまう。

「なるほど」

イーライが何か考えるように、小さくうなずく。

「可愛《かわい》らしい顔立ちをしているが、恋人はいないのか？」

「いないと思いますよ」

鼻息荒く答えてから、ふと、別の可能性も頭に浮かんでしまった。

公子が言っていたではないか。イーライは女にも、男にも手が早い、と。

あわててトリスタンはつけ足した。

「でも、あなたの恋愛対象としては向かない男ですよ。サイラスはああ見えて、遊びで恋愛はできないタイプですから、遊び人は苦手でしょう」

クギを刺すつもりで、きっぱりと言い切る。

イーライはまじまじとトリスタンを見つめ、そして唇で小さく笑った。

「今の君の発言には、誤りが二つあるな。第一に俺は遊び人ではないし、第二に、そういう意味では、彼よりも君に興味があるね」

「正しい判断ができない人間に興味が？」

そんな言葉に、トリスタンは思わず、ちらっと意味ありげな上目遣いに問い返してしまう。

別に、しつこく根に持っているというわけではなかったけれど。

「だから心配になる」

あっさりとイーライが言った。

「あなたに心配していただく必要はありませんよ」

そんなに頼りないか、と少しばかりムッとする。

「君は誰かを助けるためなら、自分を犠牲にすることをいとわないから。子猫でさえね」

「そんなことは……」

どこか真面目な顔で言われて、トリスタンはちょっと言い淀《よど》んでしまう。

そんな立派なものではない。ただ――結局、自分に力がないだけなのだ。

自分のすべてで立ち向かわなければ、何もできないだけなのだ。

いつの間にか、執務室の近くまでたどり着いていた。

足を止めたトリスタンに、イーライが思い出したように言った。

「……ああ、そうだ。ディオン王子に公子との立ち合いを承諾していただけるようなら、ぜひ俺も一戦、お願いしたい」

「お伝えしておきます」

小さく微笑んで、トリスタンはうなずいた。

公子のことをとやかく言えないくらい、イーライもやる気だ。

では、とそこで別れて、トリスタンは執務室へともどった。

最初は緊張していたが、公子や、……まあ、イーライとも気安く口がきけるようになったことは、トリスタンにとってもありがたい。

そういえば――。

さらっと流してしまったが、さっきの「そういう意味では」とは、どういう意味だったんだろう？

今さらに引っかかって、ちょっととまどってしまう。

でも流れからすると、やはり「そういう意味」にしかとれなくて。

――恋愛対象という意味では、私に興味がある？

そんな想像にドキリとした。

深く考えすぎているだけだろう。

本人が主張するように遊び人でないにしても、宮廷人の愛のささやきなど、ちょっとした挨拶程度の意味しかない。

でもなぜか、少し顔が熱くなってしまっていた。

バカバカしい。あの図書室にいた少年のような年でもないし、あれほど初々しくもない。

今さら……、誰かに恋することなどできるはずもないのに。

7

折良く晴天に恵まれたこの日は、王の主催で盛大な狩り会がおこなわれていた。

男たちは自在に馬を操って王宮の裏に広がる広大な森を駆けまわり、女たちは心地よい木陰に固まってお茶を楽しみながら、見せびらかしにきた男たちの成果を褒め称《たた》える。

ラトミアの客人たちには慣れない森だろうが、やはり楽しみにしていたようで、カレル公子は華やかな狩りの衣装で勇壮な姿を見せていた。

護衛官たちも、それぞれに主のそばで狩りの手助けをしつつの警護にあたっている。

トリスタンはマチルダ王女付きの護衛官ではあるが、こんな場で特に付き従っている必要はなく、この機会にたまっていた仕事を片付けようと意気込んでいた。

客人の世話も仕事の一つだが、それ以外の件にかなりしわ寄せがきている。もちろん急ぎのものは他の護衛官たちも手伝ってくれているが、ずっとトリスタンが手がけている案件は、自分で見ないとわからない。

猟犬たちの鳴き声があちこちで響き渡り、本格的に狩りが開始されると、トリスタンは王女に断りを入れてそっと狩猟場を抜け出した。

今日は他の護衛官たちもほとんどが狩りに参加しているので、一人で静かに仕事に集中できそうだ。

そんなことを考えながら、裏庭の一角を横切った時だった。

狩り場へでも急いでいたのか、いきなり飛び出して来た男とぶつかりそうになる。

トリスタンはとっさによけたものの、肩が激しくぶつかってしまった。

「クソッ！　気をつけろっ」

汚い言葉で罵《ののし》られ、こんな乱暴な男が王宮内に…、と思わず眉を寄せる。

ムッとして、厳しい眼差しで相手の顔を確認したトリスタンは、瞬間、息を詰めた。

よく知っている男だった。

「なんだ、おまえか……、トリスタン」

相手もトリスタンに気づいたようで、薄い唇を曲げるようにして冷たい笑みを浮かべる。

——嫌な男に会った……。

ヘタに騒ぐと面倒なことになりそうで、トリスタンは無表情なまま、軽く頭を下げた。

「失礼しました、少佐。急ぎますので、申し訳ありません」

そしてさっさと行き過ぎようとする。

「おい、待てよ。上官に対してその態度はないだろう？」

が、男は気分を害したように噛みつくと、いきなりトリスタンの腕をつかむ。

瞬間、ゾッ、と寒気が全身に這《は》い上った。

とっさに激しい勢いで振り払う。

自分でもわかるくらい血の気の失《う》せた顔で、トリスタンは男を見つめた。

ビクター・トーマス——トーマス少佐はかつてトリスタンの直属の上官だった男だ。戦時下にあった、二年前まで。

戦争終結後、参謀本部が解散し、トリスタンが出向していた後方支援の部隊を離れてからはほとんど接点がなくなっていたが、当時のことを忘れたわけではない。

身体に刻まれた、深い傷跡だった。

そんなトリスタンを、トーマスがにやにやと眺めてくる。

「いや、今はあなたの方が上官になるのかな？　騎士殿」

皮肉な調子で言ってから、いかにも忌々《いまいま》しそうに吐き出した。

「ふん、トリスタン・グラナート卿か。いい身分になったものだな」

今は四十歳くらいだろうか。地方領主の息子だったトーマスは貴族というほどの身分もなく、戦争が終結した今、これ以上の出世も望めない。

この男にしてみれば、上官だった自分を差し置いてなぜトリスタンが「騎士」に選ばれたのか、納得できないのだろう。

そっと息を吸いこんで、トリスタンは必死に気持ちを落ち着けようとする。

「今の私は、あなたの指揮下からは離れましたが、別にあなたの上官になったわけではありません」

強いて冷静に返した。

「だが身分は上だ。おまえごときがな……！」

ギラギラと憎しみのこもる目で男がにらんでくる。

「たいした功績もないくせにどうやって手に入れた？　フェイス・セヴィリアン卿にも尻を使ったのかな？　騎士の位を得るために。やはりおまえは尻軽だな」

下卑た笑みとともに吐き出されたあまりの暴言に、トリスタンは大きく目を見張った。息が止まりそうになる。

「バカなことを……。私はともかく、フェイスへの侮辱ですよ」

怒りで声が震えるくらいだった。

フェイスには、確かに以前から憧れはあった。が、その当時は、たまたますれ違って、一、二度、言葉を交わしたことがあったくらいだ。

「ほう？　ならば、おまえの身体を知っているのは今でも俺だけということか？」

男がまんざらでもなさそうに無精ヒゲの残る顎を撫でる。

「そうか。だったらひさしぶりに、騎士殿のカラダを味わってみるのも悪くないかな……」

その言葉に、トリスタンは思わず目を見張った。

「な……、ふざけたことを言わないでください！」

叫びながらも、怒りと恐怖で身がすくんでしまう。

「おまえが騎士様になれたのも、俺のおかげだろうが！　俺がおまえの提案を上申してやったからだ！」

それは逆だった。

上申させるために――身体を、使ったのだ。

男が声を荒らげながら詰め寄って、トリスタンの胸倉をつかみ上げると、そのまま引きずるようにしてそばにあった東屋《あずまや》に連れこんだ。

「は…離して……っ！　離してください……っ」

トリスタンは必死に抵抗しようとするが、悪夢のような記憶が身体を縛りつけ、まともに動けない。

「警備の兵士たちもみんな、今日は狩り場へ行ってるからな。ちょうどいい。ひさしぶりにたっぷりと可愛がってやるよ」

低く笑いながら、男が置かれていた籐《とう》のカウチに力ずくでトリスタンの身体を押さえこむ。

男の吐息が頬に触れ、トリスタンはとっさに顔を背けた。

すえたような汗の匂いと、肌をまさぐるいやらしい手の感触。

昔、この男に抱かれた時のベッドが軋《きし》む音まで脳裏によみがえり、吐き気がこみ上げてくる。

「俺のコイツをまだ覚えてるだろう？　案外、恋しかったんじゃないのか？　……ん？」

男が自分の中心をトリスタンの下肢にこすりつけた。獲物をいたぶる興奮で、早くも硬くしているのがわかる。

そう、覚えていた。

濡《ぬ》れた舌先がなぶるように耳をなめ、ザッ…と全身に鳥肌が立つ。

無慈悲に身体の奥を貫いた、魂まで切り裂かれるような痛みを。

「泣いてよがりながら、おまえのココはうまそうに俺のをくわえこんでいたよなぁ？　トリスタン」

――嘘《うそ》だっ。

男の指がトリスタンの尻をまさぐり、強引にズボンを下げようとする。

叫びたいのに声が出ない。身体が動かない。

自分はまだ、こんなにも無力だ。騎士を名乗る資格などない。

声もなく、涙がにじんだ。

と、その時だった。

ふいにザッ、と草がこすれる音が耳に届き、のしかかっていた男の重みが一瞬、緩んだ。

「なんだ、きさまは……？」

と同時に、怪訝そうなトーマスの声。

まだ男の体重が膝に乗ったままだったが、トリスタンは無意識にトーマスの視線の先を追う。

そこに立っていたのは――イーライだった。

息が止まり、思わず大きく目を見開いてしまう。

――どうして……？

「……取り込み中なら申し訳ない。トリスタン・グラナート卿に用があるのだが」

聞いたことがないほど感情の失せた声が、冷たく空気を切り裂いて響く。

――まさか、聞かれていた……？

一瞬に、全身から血の気が引いた。

とっさにトリスタンはイーライから顔を背ける。とてもまともに見られなかった。

「あとにしてもらおうか。今は俺と話をしているところなんだよ」

狩りの途中なのだろう。イーライはラトミアの軍服姿で、トーマスも相手が客人だとわかったはずだが、バカにするように言い放つ。

公国であるラトミアを、下に見ているのかもしれない。戦争中でも、そんな発言は何度か聞いていた。

「ほう、話を？　私の認識が正しければ、下劣に強姦《ごうかん》しようとしているように見えるが？」

「なっ…、よそ者にとやかく言われることではない！」

表情も変えないまま、まともに指摘されて、カッとしたようにトーマスがわめいた。

それでも大きく息を吸いこんで、いくぶん言い訳がましく続ける。

「いや、ただの痴話《ちわ》ゲンカだ。トリスタンはかつて私の部下で、……深い関係でもあったのだからな」

引きつった顔でにやりと笑ってみせる。

瞬間、イーライが目を見張った。

殺気が一瞬、膨《ふく》れ上がった気がしたが、口から出た言葉は冷静だった。

「それにしては、ずいぶんと乱暴だ」

「トリスタンはこんなふうにひどくされるのが好きなのさ。その方が感じるんだ。知らない人間は横からしゃしゃり出ないでもらおう」

さすがにいらだったように、トーマスが吐き捨てる。

「そうなのか？　トリスタン」

いきなり背中越しに聞かれ、ビクッ、とトリスタンは身体を震わせた。

だが振り返ることもできない。ギュッと自分の腕を握りしめる。

「ほらな」

満足そうなトーマスの声。いやらしくその手が肩を撫でる。

「そうか。だったら、失礼した」

そんなイーライの言葉に、トリスタンの胸に失望と安堵が入り混じった。

だが言い訳のできない状況だ。そう、説明を求められるくらいなら、このまま行ってもらった方がいいとさえ思う。

しかし次にイーライの口から出たのは、意外な言葉だった。

「そういえば、あなたの顔を前にどこかでお見かけした気がするが、気のせいかな?」

「知らんな」

実際、記憶にないのだろう。素っ気なくトーマスが答える。

「……ああ、そうだ。思い出した。私とすれ違ったのを覚えていないか? 長雨が上がる少し前の日だ。トリスタンの実家がある村で。子供たちが何かひどく騒いでいて——」

「なっ…、何を……」

とたんにトーマスが動揺を見せた。

ハッと、トリスタンの頭の中でも状況がつながる。

「少佐、あなたなんですか……?」

猫をさらって投げ捨てたのは。

思わず、声が出た。

そうだ。あの時、橋のところでトリスタンがぶつかった男。「邪魔だ!」と叫んだ声。

ついさっき「気をつけろ」と叫んだのと同じ声だった。

「まさか、あなたが……？」

考えてもみなかったことに、呆然《ぼうぜん》と男を見上げる。

「ば…ばかなっ！　なぜ俺がおまえの家の猫などさらう必要がある⁉」

うろたえた様子で視線を漂わせたまま、トーマスがわめいた。

語るに落ちている。誰もまだ猫のことなど話していないのに。

トリスタンの「幸運」を妬《ねた》んだ腹いせか、あるいは売って小銭でも稼ぐつもりだったのか。

「そうか。やはりあの子猫はあなたが川に投げ捨てたのか」

イーライが冷ややかな口調で断定した。

「それを聞けば、マチルダ王女などはさぞかし気分を害されるだろうな。猫好きでいらっしゃると聞いている」

そう、マチルダ王女はきれいな白い猫を飼っている。だが自分より夫の方に懐いていると、よく愚痴《ぐち》を言っているのだ。

「ふ…ふざけるなっ！　何の証拠もないくせにベラベラと…っ」

トーマスが顔を真っ赤にして怒鳴ると、ドシドシと東屋を出てイーライに近づいた。

そしてイーライの鼻先に指を突きつけ、唾が降りかかるほどの距離で脅しつける。

「いいか⁉　つまらないことで騒ぎ立てるなよ！」

賓客に対する口の利き方ではない。

しかし、ただ黙って真正面からにらみ返したままのイーライに、クソッ！　と吐き捨て、トーマスは荒々しい足取りで姿を消した。

何も考えられないままにそれを見送ったトリスタンだったが、ようやくイーライと二人で残された状況に気づく。

イーライがゆっくりと東屋の中に入ってきて、トリスタンはあわてて乱れた服を直した。

「……すみません。醜態をお見せしました。あの男の無礼も、私からお詫《わ》びを」

視線は落としたまま、強ばる声をようやく絞り出す。

何も聞かず、このまま行ってくれることを祈った。そのくらいの慈悲の心を、持っていてほしかった。

「あの男と深い関係だったというのは本当なのか？」

しかし怒りにも似た冷たい声が頭上から落ちてきて、トリスタンは思わず目を閉じた。

「あなたには関係のないことです」

冷淡に返してから、ああ…、と思いつく。

「……いえ、ご不快ですね。当然です。客人たちの世話役は誰かに代わってもらいますから」

震えが止まらなかった。

トーマスになのか、イーライに対してなのか、もう自分でもわからない。

「そんなことを言ってるんじゃない！」

しかしすさまじい怒声が浴びせられると同時に、イーライの手が激しくトリスタンの腕をつかむ。

反射的に背けた顔が強引に引きもどされ、まともに視線が捉《とら》えられた。

息が触れるほど近くにイーライの顔がある。激しい怒りが、冷たい蒼《あお》い目の中に渦巻いていた。

「あの男と、寝たのか？」

トリスタンの目を見据《みす》えたまま、イーライが執拗《しつよう》に尋ねてくる。

どうして。どうしてこの男にそんなことを聞かれないといけないのか。

もう知っているくせに、どうして自分に言わせたいのか。

そんな憤りが身体の奥底から突き上げてくる。

どうしようもなく膨れ上がった怒りが爆発した。

「ええ、寝ました。それで満足ですか⁉」

涙のにじむ目で、トリスタンはキッと男をにらみ上げた。

「――昔の、話です。戦争中のことですよ」

そして吐き出す息とともに、ようやく続ける。

「なぜそんな……」

自分で言わせておきながら、イーライが衝撃を受けたようにつぶやいた。

「戦争中の不安を紛らわせるためか？　男なら誰でよかったのか？」

そうではない。そんなふうに思われているのだとしたら、それも仕方がないが。

トリスタンは思わず目を閉じた。

結局、すべてを根こそぎ聞き出したいらしい。

「私の意見を……、戦略を上に通すためです」

当時、参戦本部にいたトリスタンは補給や援軍の調整など、後方支援の担当だった。さらに、各方面から入ってくる情報の分析や、作戦立案の補佐をおこなっていた。

そしてあの時、スペンサーの兵力が分断され、敵地にとり残されたディオン王子たちがかなり危険な状況に陥ると推測できたのだ。

「すぐに増援を送るべきだという私の意見は、上官であるトーマスにはまともにとり合ってもらえなかった。だから……。あの時、動かなければ……、増援を送らなければ、何人もの兵の命が失われると思ったから……！」

ずっと身体の奥に淀んでいた澱《おり》を吐き出すように、トリスタンは声を出していた。

身体と引き換えに上層部に伝えてやる、とあの男は言った。

しかも一度ではすまなかった。トリスタンが直接上層部に掛け合おうとしても必ず邪魔をして、その都度、身体を要求した。

だが――。

今になって冷静に考えると、結局、自分が何をしようと、結果は変わらなかったのかもしれない。優秀な指揮官であるディオン王子ならば自力で切り抜けられたかもしれないし、そうでなくとも戦況は刻々と変わる。

それでも、自分のしたことは無駄ではなかったと信じたかった。誰か一人の命を救えたのなら、それでいい。

だから、後悔はしていなかった。決して。

「やはり君は考えが浅いな」

しかし低く、圧《お》し殺した声でイーライが言った。

「あなたにはわかりませんっ！」

涙に濡れた目で、反射的にトリスタンは言い返していた。

生まれた時から地位にも身分にも恵まれている、イーライのような人間にはわからない。

自分にもっと力があれば、発言力があれば、救えた命はもっとたくさんあった。

「間違いだよ。君はよく判断を間違える。他にもっとやり方があったはずだ」

いらだったように、イーライが厳しく続ける。必死に怒りを抑えるように、イーライの握りしめた拳がカウチの端で震えている。

「そうは思いません。時間もなかった。それで一人の命を救えたなら、私にとってはやった価値があります。それが私の判断です」

トリスタンは頑《かたく》なに言い切った。

ムキになっていたのかもしれない。

まったく意味のないことだと言われたら、本当に——耐えられない。

心が、壊れてしまう。

自分がどんな顔をしているのか、わからなかった。

「トリスタン……」

ハッとしたように、目の前のイーライの表情が揺らぐ。

そして突然、きつく抱きしめられた。

一瞬、あせって突き放そうとしたが、男の手はさらにトリスタンの背中を強く抱き寄せる。

「あ……」

厳しい言葉を浴びせるくせに、その腕は温かくて、力強くて。

指先が、無意識に男の胸にしがみつく。隠れようとするみたいに深く顔を埋《うず》める。

「君の気持ちは尊い。だが、あまりにも自分を殺しすぎる」

耳元に落ちた、静かな、悲しげな言葉に、ぶわっ、と涙が溢《あふ》れた。

……何だろう?

今まで、誰にも言ったことなどなかった。

つらいと思ったら、負けだとも思っていた。

堰《せき》を切ったように涙が止まらなかった。

「トリスタン……、トリスタン、泣いていいから」

さらに深くトリスタンの身体を抱きしめ、大きな手が規則正しく背中を、髪を撫でる。

どのくらいそうしていたのか、やわらかな温《ぬく》もりに抱かれて、ようやく震えが少しずつ収まってきた。

イーライの手がトリスタンの頬を撫で、指先が涙を拭《ぬぐ》う。

そして両手でトリスタンの顔を包みこむようにしてそっと持ち上げると、額に、頬に、優しく唇が押し当てられる。

そして、唇にも。

優しいキスが落ちてくる。

何度も、何度も、繰り返して。

トリスタンは何も考えられないまま、まどろむようにそれを受け入れて——ハッと気づいた。

「……あの、すみません」

あわてて身体を離す。

——キス……？

今さらに認識して、急に恥ずかしくなった。

イーライにしてみれば、単に泣いている子供をなだめるようなものだったのだろう。

だが泣いたせいか、不思議と気持ちはすっきりとしていた。

そして今さらに、イーライにわめき散らしたことを思い出す。

あれは八つ当たりにすぎない。イーライに怒るようなことではなかった。

とまどったトリスタンが言葉を探しているうちに、イーライが落ち着いた声で聞いてきた。

「君が援軍を出したのは東部戦線か？　ディオン王子が指揮していた。ラトミア国境近くの」

「ああ…、ええ、そうですね」

今までと変わらない口調に、少しホッとする。

「そうか。ならば俺は……、ラトミアは君に救われたのだな」

静かに言われて、ああ、と思い出した。

確かに、その時ディオン王子は要塞に籠城した「リベンデール城塞の戦い」を経て、スペンサーとラトミア、そして帝国との国境線をとりもどしたのだ。

その時のラトミア側の最前線にいたのが、イーライだったらしい。

「複雑な気持ちだがな……」

わずかに苦渋の表情でつぶやく。

トリスタンの「誤った判断」の結果だと思うと、ということだろうか。

「あなたを助けたわけではありませんよ。ディオン王子や、スペンサーの兵の助けになっていたかもしれない、というだけです。実際……、私が何もしなくとも、結果は変わらなかったかもしれない」

冷静にトリスタンは答えた。

だから。

「このことは忘れてください」

静かに続ける。

「それは無理だな」

しかしイーライはあっさりと言い放った。

……意地が悪い。

思わずトリスタンは顔をしかめたが、ふいにカウチにすわったままのトリスタンの前でイーライが地面に膝をついた。片手を胸に当てると、まっすぐにトリスタンを見上げてくる。

「心より感謝する。ラトミア大公に代わって」

真摯《しんし》な眼差しにドキリとした。

「でしたら……、私の命も助けていただいたのですから、これでおあいこでしょう」

どこか気恥ずかしく、無意識に視線を逸らしたまま、トリスタンはあえて何でもないように言った。

「貸し借りなしということです」

「あの程度で釣り合いがとれるとは思えないが、あそこで君に声をかけておいてよかったということだな」

イーライが静かに笑った。

その笑顔にトリスタンもホッとする。気持ちが少し楽になっていた。

よかった。とりあえずラトミア使節の接待係という仕事は、最後までやり遂げられそうだ。

だが、今関わっている仕事が終わったら。

騎士の位は返上し、王室護衛官を辞さなければ。

これ以上、自分が王室護衛隊の名誉を汚すことはできない。

今はまだ自分たちの存在意義が宮廷で認められているとは言いがたい。そんな中で、その力量に、清廉さ、公正さに疑問符をつけるようなことがあってはならない。

やはりここは、自分がいていい場所ではなかったのだ。

トリスタンは静かに心を決めた――。

8

ラトミアからの使節を迎えて、二十日あまりがたっていた。

どのくらい滞在するのか、はっきりと決まっているわけではなかったが、折を見ておこなっていたレクチャーもそろそろ終盤だった。

もっとも承認式の事前準備は早めのとりかかりが必要な工程も多く、使節の人間の半分ほどはすでに帰国していた。

残っているのはカレル公子とフロリーナ公女、イーライとあと数人だ。

カレル公子は承認式よりもスペンサーの軍の訓練や編成に興味があるようで、演習には積極的に参加していた。さらには王宮の改築や、王都の整備なども熱心に見学していて、公子に関しては、むしろ正しい意味で遊学に近いのかもしれない。

連日のように、夜会だの園遊会だのがどこかで開かれていたが、この時期になるとそれぞれに知己も増え、トリスタンが気を遣って接待をする必要はほとんどなくなっていた。

フロリーナ公女は、ほとんど毎日アリシア王女との時間を楽しんでいるようだったが、カレル公子やイーライはかなり幅広く、いろいろな集まりに顔を出してさまざまな立場の人間と交友を持っているらしい。

　ともあれ、そちらが一段落ついたことで、トリスタンは少し自分の本来の仕事に没頭できるようになっていた。

　今とりかかっているのは徒弟法の制定に向けての下準備で、職人たちの雇用条件や労働時間、賃金などを規定する法律である。

　執務室で書類としばらくにらめっこしていたが、いくつか資料が必要で、とりに出ようと席を立つ。

「――った……ッ！」

　だが部屋のドアを開いた瞬間、その向こうから鋭い悲鳴が響いてきた。

　ちょうど入って来ようとしていたサイラスに、ドアがぶつかったらしい。

　激しく当たったような手応えもなかったのだが、サイラスの上げた声にトリスタンはあせってしまった。

「あっ、ごめん！　大丈夫？」

　サイラスは顔をゆがめ、肩を押さえてとっさに壁で身体を支えている。

「あ、いや、違うんだ。ドアにぶつけたわけじゃなくて」

　しかしトリスタンの表情に、逆にあわててサイラスが弁解した。

よく見れば、額や頬にも小さな擦《す》り傷が見える。

「え、どうしたの、その怪我？」

驚いてトリスタンは尋ねる。

「たいしたことないよ。軽く肩を打っただけ」

サイラスが照れ笑いのようなものを浮かべたが、左の肩はかなり痛そうだ。力なく、だらりと腕が下がっている。

「図書室でちょっと本棚の下敷きになりかけちゃって。いきなり崩れてきたんだよね」

「下敷き⁉　危ないよ」

さすがに驚いてしまう。

図書室の本棚だと、身長の倍近くもあるかなり大きなものだ。この程度の怪我ですんでよかったというくらいの。

「古い本棚だったから、枠が弱くなってバランスが悪くなってたのかも。修繕を頼んでおかないと、そのうち本当に誰か大怪我しそう」

サイラスがちょっと顔をしかめた。

と、その騒ぎを聞きつけたのか、執務室の中からブルーノが顔を出す。

「サイラス、怪我をしたのか？」

「いえ、大丈夫です。ぜんぜんっ」

ちょっとあせったように、片手を振って答えている。実際、サイラスのミスというわけでもない。

「きちんと医師に診てもらった方がいい。ああ、もしくはフェイスにでも」

フェイスは医師というわけではなかったが、長く世界中を旅していたらしく、医学の分野だけでなくあらゆることにくわしく、知識と技能もある。

「ああ…、はい。湿布、貼ってもらいます」

サイラスが苦笑いで耳のあたりを掻《か》いた。

「早急に修繕を依頼しておきます」

ちらっとこちらを見たブルーノと視線が合って、先まわりするようにトリスタンは口を開く。

しかしブルーノは、いや、と首を振った。

「ちょうど図書室に用がある。私が行こう」

「あ、はい」

少々とまどったが、トリスタンはうなずいた。

うながされたのかと思ったが、まだなかなか意思の疎通は難しい。

にしても、うっかりラトミアの客人が巻きこまれでもしたら本当に国際問題だ。イーライなども、時折図書室へは出入りしているようだったし。

「――あ、トリスタン」

そんなことを思いながら回廊へ出たところで、執務室へもどってきたらしいファンレイと出くわした。

「ディオン殿下が帰ってきたから、例の件、頼んでおいたよ。しばらく王宮にいるから、いつでもいいって」

そして明るい笑顔で報告される。

「そうですか。ありがとうございます」

トリスタンもホッとして微笑んだ。

例の、というのは、公子やイーライとの手合わせの件だ。

ディオン王子は数日、郊外の石橋の建設作業の視察に出向いていたので、少し遅くなってしまった。

「では、明日にでもお願いできますか？」

好意に甘えて頼むと、「伝えておきます」と軽やかな返事がある。

連絡しておこうと、トリスタンはそのまま東の離宮へまわってみたが、やはりこの時間だと公子もイーライもまだ外出しているようだった。誘われた茶会か何かだろう。

アリシア王女と一緒なのか、公女の姿もなかったが、公女の侍女であるヒルダが留守番をしていたので、彼女に伝言を頼む。

いつもきちんと髪を結い上げた、少しばかり無愛想で厳格な雰囲気の女性だったが、その分、遊びまわっている公女の手綱もしっかりとっているのだろう。

楽しみにしている、という返答が侍従経由で夕方には届いて、翌日、ディオン王子とカレル公子との立ち合いが実現した。

以前はよく天覧試合などが行われていた、野外のちょっとした闘技場《アンフィテアトルム》で、大げさにするつもりはなかったのだが、どこからか話がもれ伝わったらしく、そこそこの観客が集まってしまっていた。

ラトミアの他の客人たちはもちろん、ディオン王子の配下だろうスペンサーの兵や、観劇気分の若い貴婦人たち。

トリスタンも場を作った責任上、観戦させてもらうことにする。

まずはカレル公子がディオン王子に挑み、かなり善戦しているように見えたが、やはり最後は打ち負かされた。

さすがに技術も、腕力も、実戦での経験も違う、ということだろう。公子の年齢では、先の戦争で前線に立っていたかどうかは微妙なタイミングだ。

だが、必死に歯を食いしばって立ち向かうカレル公子の姿はなかなかに勇ましく、好感が持てる。この身分で、これだけ剣が使える者はスペンサーでも少ない。

負けたとはいえ、観客たちも公子に大きな歓声と拍手を送っていた。

「お疲れ様でした、公子。とても見応えのある戦いでした」

手にしていた剣を侍従に渡して汗を拭っていた公子に近づき、トリスタンは声をかけた。

「いや、まだまだだったな。だがディオン王子に手合わせしていただいて、今の自分の力を知ることができた。いい経験だ」

結果はともあれ、晴れやかな表情でトリスタンも安心する。

「ディオン王子の護衛官は、王子よりも腕は立つのか？」

そして視線で、水を飲んでいたディオン王子を追いながら聞いてきた。その隣にはファンレイが立っている。

「ファンレイですか。それは……、どうでしょう」

護衛官であれば、本来、主よりも強い方が安心して警護を任せられるのだろう。しかしディオン王子はかなり特別だ。

「王子が背中を任せられるくらいには、使えると思います」

少し考えてから、トリスタンは答えた。実際に、かなり強いことは知っている。

「なるほど。できればこちらに滞在中に、他の護衛官ともやりたいな」

にやりと不敵に公子が笑う。わくわくと楽しそうだ。

「喜んでお相手をさせていただくと思います。私以外は、ですが」

微笑んで答えたトリスタンだったが、公子がふっと、真剣な眼差しで向き直った。

「トリスタン、おまえは有能な男だと思うぞ？　それに誠実だ」

まともに言われて、少しとまどってしまう。

「いえ、そのような。過分なお言葉です」

ディオン王子との手合わせを実現させたことで、トリスタンの株が上がったのだろうか。これに関して自分のしたことといえば、ファンレイに話を通してもらっただけなのだが。

あるいは、以前に口にしたことを気にしているのかもしれない。

「スペンサーには益のないことだというのに、熱心にレクチャーしてもらったと聞く」

「それは、私の仕事ですから」

「いいかげんにやろうと思えば、いくらでもできることだ。自国の話ではないのだからな」

言い切ってから、小さくため息をつく。

「まこと、おまえのような男であればな……」

そんな独り言のようなつぶやきに、トリスタンはちょっと意味をとり損ねる。

「あの、何か？」

「ああ…、いや」

聞いていいものかどうか迷いながら、うかがうように尋ねると、公子はハッとしたように首を振った。

それでもポツリと言葉を落とす。

「察しているとは思うが、ラトミアは今、大公の後継者が問題になっていてな」

「お子様がエレオノーラ大公女しかおられませんからね」

慎重に、トリスタンは答える。

こんな何気ないやりとりからでも、何かの情報が得られるのなら、できるだけうまく会話を続けなければならない。……これも剣技と同様、あまり得意ではなかったが。

「帝国から、大公女殿下に縁談があるようにおうかがいしました」

「ほう、さすがにスペンサーの護衛官は耳が早いな」

公子がちらっと顔を上げてトリスタンの表情をうかがう。そしてふっと正面に向き直って、大きく息を吸いこんだ。

「だがそれだけは絶対に避けたい」

きっぱりと、強い意志が見える。

「帝国の血を公家に入れたくないからな」

現実的に言えば、長い歴史の中、すでにかなり混じっている気もするが、やはりまだ拒絶反応は大きいようだ。

「それに打診してきているのは、帝国でも持て余しているという噂《うわさ》の能なし王子だ。ラトミアをバカにするにもほどがある」

腹立たしいのか、唇を噛んでぴしゃりと言った。

確かに、と、トリスタンも思わずうなずいたが、さすがにそれは口にできない。

「しかしまだ正式なお話ではないのでしょう？」

「当の王子が、ラトミアのような小国へ行きたくないとごねているらしいな」

ふん、と公子が鼻を鳴らす。

「このまま話が流れればいいのだが、そう都合よくはいくまい」

「では正式なお話になる前に、大公女殿下がお相手を決めてしまえばいいわけですね」

だから、フロリーナ公女がわざわざ婿《むこ》捜しに、という話でもある。

思わず内心で、やはりサイラスを――、と考えてしまった。

公子は護衛官との手合わせを望んでいるようなので、ちょうどいいアピールになるかもしれない。サイラスはあれで、かなり剣の腕はいいのだ。

トリスタンからさりげなく、相手に推薦してもいいかもしれない。

……いや、しかし今は肩を怪我していた。間が悪い。

「まあ、そうだな。もしくは――」

何か言いかけて、ふっと公子が視線を闘技場の中央へ向けた。

どうやら今度はイーライが、ディオン王子とやるようだ。

二人がゆっくりと中央へ向かっている。

観客もそれに気づいてざわざわし始め、やがて張りつめた空気に当てられたように静まりかえっていく。

正式な対戦でもなかったので、審判がいるわけでなく、しばらく沈黙が続いたあと、おたがいの呼吸で一気に剣がぶつかり合った。

それぞれに技量を推し量るように、ゆっくりと相手との間合いを詰めたかと思うと、一転して激しい打ち合いになる。

やはり公子と比べると、イーライの方がいい戦いをしていた。明らかにディオン王子のスピードや、かわす鋭さ、剣の響き合う音も違う。かなり重い。

公子は少し悔しそうな表情で、じっと二人を見つめていた。

トリスタンも思わず息を詰め、瞬きも忘れて見入ってしまう。

ふだんとはまるで違う、イーライの真剣な横顔。身にまとう気迫。

実際にどのくらいやり合っていたのか、時間の感覚がなかった。

気がつけばおたがいに剣を下ろし、緩んだ空気の中、笑顔で握手を交わしているのが見える。

どうやら引き分けということで終了したらしい。

「ひさしぶりにいい汗を掻いた」

「私もですよ、殿下」

そんなやわらかな会話がかすかに聞こえてくる。

どこからともなく拍手が起こっていた。

「やはり…、あいつの方が一日《いちじつ》の長があるな」

思い出したように息を吐き、カレル公子がつぶやいた。

「殿下はまだまだ、これから強くなられますよ」

お世辞でもなく言ったトリスタンに、公子がうなずく。

「まあ、そうだな。だがこれから鍛えるべきは、腕よりも頭の方かもしれん」

そんな言葉は意外でもあり、ちょっと感心した。

どうやらスペンサーに来て、多くを学んでいるらしい。

カレル公子がいればラトミアは大丈夫なのではないか、という気がした。誰がなるにせよ、次の大公のよい補佐になれそうだ。

他のラトミアの仲間たち、闘技場に下りてきた貴婦人たちに囲まれているイーライを横目に、トリスタンはディオン王子のところへ向かった。一言礼を、と思ったのだ。

もどってきた王子に、ファンレイがタオルを渡している。

「トリスタン」

近づいてくるトリスタンを見つけ、大きな笑顔で軽く手を上げた。

うれしそうなのは、ひさしぶりにディオン王子の鮮やかな姿をスペンサーの貴族たちの前でも見せられたからだろうか。戦争後、ディオン王子も剣の腕を披露する場面はなかったのだ。

「ありがとうございました。お疲れのところ、お手間をとらせてしまいました」

「いや、俺も楽しかった」

丁重に礼を言ったトリスタンに、ディオン王子が率直に答えた。

そう言ってもらえると、トリスタンとしても安心する。

「カレル公子もよい経験になったと」

「ああ。行儀のいい剣だが、まだこれから伸びるだろう」

王子が鷹揚《おうよう》にうなずく。

「イーライとはいかがでしたか？　強かったでしょうか？」

ふと、トリスタンは聞いてみた。

「あの男は……、なかなかのものだ」

ふっと手を止めて、ディオン王子がわずかに目をすがめる。

「むろん技術はある。だが意外と頭で剣を使う。意識的なのだろうが、間の取り方が独特だ。おもしろいな」

愉快そうに言われたが、そのあたりの感覚はちょっとトリスタンにはわからない。

助けを求めるようにちらっとファンレイを見たが、ファンレイも苦笑して肩をすくめた。

「戦場で……、お会いになったことはあるのですか？」

思い出して尋ねたが、いや、と短く返る。そしてちょっと眉を寄せて、考えながら続けた。

「イーライ・バンビレッド大佐。ラトミア国境で指揮を執っていた男だな。結果的に連携して、帝国の軍を押し返すことになったが、実際に顔を合わせたことはなかった。おたがいの部隊にはかなり距離もあったし、合流することは得策でもなかった。伝令を通して、一、二度、やりとりはしたが、ほとんどおたがいの感覚で動いていたな。……うん。それでうまく働いたのだから、おたがいに相手の動きを予測できたのだろう」

そうなのか、とトリスタンはうなずく。

いや、そのあたりの現場での感覚は、やはりよく理解はできなかったけれど。

「まあ、あの男が帝国に生まれてなくてよかったというべきだな」

ディオン王子がにやりと笑う。

つまり敵にならなくてよかった、ということだ。

そしてふと視線を上げて、軽く顎でトリスタンの背後を指した。

「おまえに用があるんじゃないのか?」

ハッと振り返ると、観客席との壁際でじっとこちらを見つめているイーライと視線が合ってしまう。

「あの…、はい。では失礼いたします」

あわてて一礼すると、トリスタンは踵《きびす》を返した。

イーライに近づきながらも、なぜか心臓がドキドキしてくるのがわかる。

あれ以来――まともに話すのは初めてかもしれない。

あの男の腕の中で泣いて。単になだめるためだったにせよ、キス――されて。

やはり気まずくもあった。あんな場面を見られたのだ。

あの時初めて、自分の秘密を話した。今まで誰にも言ったことはなかったのに。

正直、どんな顔をすればいいのかわからなかった。

レクチャーの時など、他に誰かがいれば、それでもまだ、落ち着いていられたのだが。

どうやら健闘を讃《たた》えていた友人たちはすでに闘技場を出たあとで、イーライ一人が残っていたらしい。

わざわざ自分を待っていたのか。

「お疲れ様でした」

なんとか平静を装って、トリスタンは口を開く。

「ああ、本当に疲れたよ。さすがにね」

イーライが地面についた剣にもたれるようにして、大きく息を吐く。

激戦を物語るように、いつになく髪も少し乱れていた。

「互角の戦いでしたね」

そう言ったトリスタンに、イーライは苦笑して首を振る。

「いや、ディオン王子はあえて勝負をつけずにおいてくださったんだ」

「そうなのですか？」

トリスタンは思わず瞬きする。

「公子にも私にも勝ってしまうと、ラトミアの立場がないからな。配慮してくださったのだろう。ディオン王子にはまだ余裕がおありだったよ。公子と戦ったあとだというのに」

やはり自分にはわからない次元の戦いだったらしい。

「ディオン王子は褒めておられましたよ」

「それは光栄だ」

イーライが大きく微笑む。そして軽く首をかしげて尋ねてきた。

「君は?」

「はい?」

「君からはお褒めの言葉をもらえないのか?」

「え? ……ああ、ええ、とても素晴らしかったと思います。……よ?」

つられるように言ったものの、正直、意味がわからない。何が? というか、どうして? という感じだ。

「では、褒美をいただきたい」

「ええと……」

当然のように言われ、やはり意味はわからないまま、それでももしかすると、あんな状況のあとでトリスタンが気詰まりにならないように、気を遣ってくれているのかもしれない。

「ずうずうしいですね」

そう思って、トリスタンもちょっと笑って少し意地悪く返す。

「利用できる機会は逃したくない。かまわないか？」

「わかりました。いいですよ」

何にしても、接待係であるトリスタンは、できるだけ使節の要望に応える準備はある。

「では、少し目を閉じてくれるかな？」

どうして？　と思いつつも、言われた通り、目を閉じる。

そのままちょっと不安に思うくらいの時間がたってから、ふいにふわりと、温かい感触が唇に落ちた。

一瞬、何かわからなかった。

え？　と思わず目を開いた瞬間、さらにもう一度。

今度はしっかりと顎がとられ、濡れた舌が唇に当たる感触まではっきりとわかる。

頭の中が真っ白になっていた。

「確かに、いただいた」

さらりと頬を撫でる優しい指。喉で笑う、楽しげな声。静かに見つめる眼差し。

「ふ、ふざけないでください……っ」

ハッと我に返った瞬間、トリスタンは反射的に男の身体を突き放した。

自分でもわかるくらい頬が熱く、明らかに動揺していた。

「明日は、午後から最後のレクチャーですので！」
必死にそれだけ言い捨てると、逃げる勢いで走り出した。
怒った、わけでも、嫌だったわけでもない。
ただ驚いて、――恥ずかしかった。
それが不思議でもあった。嫌悪のような、不快な気持ちが湧いてこなかったことが。
あれ以来――誰かに不用意に触れられるのも苦手で、過敏になっていたのに。
不意打ちだったせいかもしれない。
ただなぜか、胸が痛かった。
――ひどい。
そんな理不尽な思いが溢れてくる。
――これは……ひどい。
もう自分には、恋愛などできない。するつもりもない。
そう思っていたのに。
誰かを愛することなどできない。
他人の熱に触れるたび、きっと身体に残る忌《い》まわしい記憶を思い出してしまう。
誰かに愛される……愛してもらう資格もない。
護衛官でいられるのも、あともう少しだ。

だからただ、今は与えられた仕事を最後までまっとうしたかった。

なのに。

こんな気持ちにさせないでほしかった——。

9

「お仕事中、すみません。少しよろしいでしょうか？」

客人たちの帰国も間近に迫ってきた気配に、このところあちこちで遠来の友人たちのお別れ会が催されていた。王宮でもまた、盛大な晩餐会《ばんさんかい》や舞踏会が開かれることになるだろう。

トリスタンも最後のレクチャーをなんとかやり終え、そして彼らが帰国する前に、そろそろ例の「恋文案件」を片付けておく必要があった。

この日、トリスタンはサイラスとともに画家のアダム・ノルデンのもとを訪れた。

王宮の敷地内にある、コテージのような小さな家がアトリエとして貸し与えられており、たいていはそこで仕事をしているようだった。

不快ではないが、やはり絵の具の匂いがこもっていて、独特の雰囲気だ。

「これは…、王室護衛官の騎士殿。光栄ですね。肖像画のご依頼でしょうか？」

手を止めて、アダムがうれしそうな笑顔を見せる。

年は二十七、八といったところだろうか。画家としてはまだ若手だと思うが、著名な師匠の元にいたようで、しっかりとした技術もあるようだ。

穏やかで、一見、純朴そうな雰囲気の男前だが、どこか抜け目なさも感じる。

王女様方の話を聞くまでさして注目はしていなかったのだが、意識的に観察していると、貴族のご夫人方やご令嬢方にさりげなく声をかけ、小さなスケッチなどをプレゼントして、うまく仕事につなげているようだった。

口がうまいのだろう。もちろんそれも仕事柄で、一流の画家としてやっていくための技量と言えるのだろうが。

アダムはもともと王族の肖像画を手がけていたのだが、他にも貴族たちから注文を受けて、今はいくつも並行して制作しているようだ。

目の前には、仮止めされたキャンバスに、描かれている途中のアリシア王女の姿がある。

見合い用なのか、いくぶん小ぶりで、ふだん自分たちが知っている王女の姿よりは清楚《せいそ》な雰囲気だ。そのあたりの用途を汲《く》んで依頼をこなすことが、宮廷画家としての技術でもあるのだろう。

サイラスがそちらにちょっと気をとられていたので、トリスタンが口を開いた。

「いずれその機会があればと思いますが、すみません、今日は別件でして」

「ほう…、別件。何か私は騎士殿の取り調べを受けるようなことをしましたか？」

「心当たりが？」

いくぶん表情を変えたアダムに、横からサイラスが向き直って尋ねる。

「いえ、あいにくと」

ははは、と軽く笑って、アダムは横のテーブルにパレットをおくと、着ていた絵の具だらけの作業着を脱いだ。

「実は、お渡しいただきたいものがあるのです」

単刀直入に、トリスタンは言った。

問答無用でこの家を捜索して回収する、という荒技が使えないこともなかったが、強権を発動する前にまずは穏やかに交渉してみるべきだろう、とサイラスとも話し合っていた。

アダムにとっては破れた恋の思い出の品だろうが、悪意がないのであれば、大公女の立場を慮《おもんぱか》って素直に渡してくれる可能性もある。

「何でしょう？　まだお引き渡ししていない絵でも……？」

「あなたは以前、ラトミアの宮廷にいらしたそうですね」

「ああ…、ええ。ほんの数カ月ほど。よくご存じですね」

かまわず続けたトリスタンに、アダムがちょっととまどったようにうなずく。

「エレオノーラ大公女殿下と親しかったとか？」

言葉を選んで、しかし核心的な部分に、トリスタンは踏みこんだ。

一瞬、アダムが言葉に詰まる。そしてうかがうように尋ねてきた。

「バンビレッド伯爵がそうおっしゃったのですか？」

「いえ、そうではありませんが」

なぜここでイーライの名前を出したのか、少しばかり違和感を覚える。

以前に二人が話していたところを見かけてはいたが、アダムの方でトリスタンが見ていたことを知っていたわけではないだろう。

「エレオノーラ大公女から、内密に手紙を受けとられましたね？」

かまわず、サイラスが斬りこむように話を進めた。

にらむわけではなく、しかしまっすぐにアダムを見つめて言ったサイラスに、アダムの表情が一瞬、固まる。そして首を折って、大きく息をついた。

「その件でしたか……」

言い逃れはできないと悟ったような声だ。

「お若いのですから仕方がありませんが、大公女のお立場では、いささか短慮に過ぎる行動でした」

静かに続けたトリスタンに、アダムが深くうなずく。

「そう……、ですね。私としては、二人だけの思い出にとも思っていたのですが」

悪用するつもりはない、と言いたいのだろうが、たとえ今はそれが本心だったとしても、十年後、二十年後にどうなるかはわからない。そうでなくとも、将来、別の人間の手に渡らないとも限らないのだ。

「お渡しいただけますでしょうか？」

トリスタンは丁重に頼んだ。

唇を噛《か》み、ちらっとトリスタンとサイラスの顔を見たが、小さくうなずいた。

ここで逆らって、スペンサーでの仕事を失う方が今はまずい、という計算もあったのかもしれない。

こちらに背中を向けて壁際の小さな戸棚に向かい、引き出しから一通の手紙をとり出すと、ゆっくりと差し出してきた。

サイラスが受けとって、中を開く。

私信を読むのは無粋だし、マナーに反するとは思うが、確認しないわけにもいかない。

「帝国の王子との縁談があるとうかがって、私は身を退《ひ》きました。エレオノーラ様はその縁談を嫌がっておいででしたが」

どこか言い訳がましく、アダムが言う。

だとしても、さすがに画家を婿《むこ》に迎えて次の大公にするわけにはいかなかったのだろう。

ちらっとサイラスの方を見ると、小さくうなずいて返す。中身は本物らしい。もちろん正式には、公子に筆跡を確認してもらう必要があるのだろうが。

「いずれにしても、エレオノーラ様にとっては少女時代の淡い思い出ですよ。実は、連れて逃げてほしい、とせがまれたのですが、さすがにそれは命がけだ」

アダムが苦笑いする。

少女たちの熱量と比べると、どうやらアダムの方はすでに冷めているようにも感じられた。

彼からするとそこまで本気ではなかった、ということか、あるいは身の程をわきまえている、ということなのか。

それともスペンサーに来て、早くも新しい、有益な恋を見つけたのかもしれない。

「賢明な判断ですね」

冷ややかにサイラスが言った。

「さすがに帝国の王子と争う気はなかったと」

そんな皮肉に、アダムがちょっと首をひねる。

「まさか、そのような。というか、エレオノーラ様のご夫君には…、バンビレッド伯爵がなられるのではないでしょうか?」

さらりと出た言葉に、えっ? と自分でもわからないまま、トリスタンは声を出してしまっていた。

ちょっと怪訝《けげん》そうに、サイラスがトリスタンを眺める。

「バンビレッド伯爵はラトミア大公の信頼も厚い方ですし、先の戦争でも名を上げられた。国民の人気も高い。お二人が結婚されて、伯爵が次の大公になられるのが一番自然だと、あちらの宮廷ではずっと言われておりましたから」

うかつにもその可能性を、今まで考えたことがなかった。

だが確かに、そうだ。イーライは大公女よりもひとまわり以上、年上になるだろうが、外聞が悪いほどの年齢差でもない。

「帝国の王子を婿に迎えるよりは、よほどいいでしょう。反対する者はいないと思いますね」

なぜか心臓がものすごい勢いで音を立て始めた。と同時に、ギュッと締めつけられる。

トリスタンは思わず、胸のあたりを指先で握りしめた。

「しかし、フロリーナ公女は大公女殿下の婿を捜しにきたとおっしゃっていましたが？」

サイラスが何気ない様子で話を続けている。

「もちろんスペンサーの王子様方のどなたかが婿入りされるのでしたら、ラトミアとしては喜ばしいことでしょう。両国の信頼関係が強くなりますからね。しかしスペンサーが帝国を差し置いて婿に出すかどうかはわかりませんし、伯爵としては内心、うまくいかないことを願っていらっしゃるんじゃないでしょうか？　このまま行けば、次のラトミア大公の座が手に入るわけですから」

「なるほど。おもしろい話ですね」

アダムの言葉にサイラスがうなずく。そして続けて尋ねた。

「それであなたは、特に不満はないのですか？」

「まさか、不満など」

アダムが両手を挙げて大きく首を振る。

「バンビレッド伯爵はエレオノーラ様が生まれた頃からご存じですし、昔馴染《なじ》みですから、エレオノーラ様も今まで夫になる相手としては見ておられなかったのでしょう。けれど、お似合いのご夫婦になられると思いますよ。きっと、エレオノーラ様を幸せにしてくださると信じています」

よけいな疑いをもたれたくない、という気持ちがあるのか、いくぶん大げさなくらい、アダムが熱をこめる。

「結構。大公女殿下との美しい思い出は、あなたの記憶の中にだけ、とどめておかれるとよいでしょう」

サイラスがにっこりと笑う。

「では、失礼しようか」

サイラスに声をかけられて、ハッとトリスタンはようやく我に返った。

「どうかしたの？　顔色が悪いよ」

アダムのコテージを出てから、サイラスが心配そうにトリスタンの顔をのぞきこんでくる。

「いや…、なんでもないよ」

トリスタンはなんとか笑って返した。

……結局、からかわれただけなのだ。

あのキスも、遊び慣れているイーライにとってはたいした意味はない。

いきなりあんな場面を見て、かわいそうに思って同情して。それを真に受けたトリスタンの反応がおもしろかったということだろう。

それにいちいち動揺して、振りまわされて、バカみたいだ……。

トリスタンは内心で冷笑する。

だが、もう迷わされることはない。

彼らの帰国ももうすぐだ。このまま、やるべきことをやって送り出せばいい。

「じゃあ、トリス、この手紙を公子に渡してくれる？」

王宮にもどり、中庭《パティオ》から延びる大階段の下で足を止めて、サイラスが持っていた手紙をトリスタンに預けた。

ちょうど、王宮の中心あたりに作られた石畳の広い中庭だ。

まだ真新しく、大きな噴水が真ん中で涼しげに水をたたえていた。中庭からそれぞれの建物の二階部分へとつながっている真っ白な大階段は左右対称で、二方向へと優美で緩やかな曲線を描いている。馬車が行き違えるほどの道幅がある、大きな階段通路だ。

どの建物へ行くにも最短の経路になるため、いつも多くの人間が行き交っていた。宮廷で職務に就いている貴族たちはもちろん、一般の官吏、官僚や兵士たち、そして王宮内で働く侍従や侍女たちもせかせかといそがしそうに行き来していて、いくつもの建物をつなぐ交差点のような地点だった。

戦争後、王宮の改修で一番先に手が入った場所だ。おかげで往来がスムーズになり、仕事の能率もかなり上がった。王室護衛官たちも、日に何度も通っている。

「了解」

人通りの邪魔にならないように立ち止まって、トリスタンは受け取った手紙をしっかりと懐に入れた。

公子には一応、筆跡を確認してもらう必要がある。が、まあ、アダムがこのことを予測して、事前に偽物を作っていたということはなさそうだ。

円卓の会議で話し合った時、手紙はとり返したらそのまま公子にお返ししていい、という話になっていた。そもそもきわめてプライベートなものなので、公式な記録や何かに残しておくことはない。

公子に渡す際には、これまでの経緯を説明しなければならないが、……まあ、公子にとって寝耳に水の話であれば、妹の行動には烈火のごとく怒るだろう。スペンサーとしては間に立って、そこをうまくとりなす必要がある。公女と王女との、この先の友情のためにも、だ。

そういう意味で、客人の世話係であるトリスタンの方が公子とは馴染みがあるし、話もしやすい。

「一緒に行った方がいいかな？」

結構、気の張る役目でもあるので、サイラスがちょっと首をひねって聞いてくる。

「いや、大丈夫」

しかし、トリスタンは微笑《ほほえ》んでさらりと答えた。

このくらいのことが問題なくできないようでは話にならない。

「じゃ、僕は大臣室へまわってから、執務室の方にもどってる。ブルーノにも手紙のことは報告しとくよ」

「よろしく」

そんな会話で別れてから、サイラスは大階段の一方へと向かった。

どんなふうに公子に話を切り出すかな、と考えながら少し行ったアーチ状の門柱の手前で、あ、とトリスタンは思い出す。

このまま東の離宮を訪れるつもりだったが、もし公女がいれば、さすがにこの話はできない。

アリシア王女と一緒かもしれないが、もしかしてサイラスが知らないかな、と何気なく振り返ると、その背中はまだ階段を登る手前だ。

呼び止めようとして、ハッとその姿に気づいた。

……イーライ？

大階段の脇にある回廊から中庭へ出てきたイーライが、どうやらサイラスに声をかけたようだ。

何の用だろう？　と、ちょっと怪訝に思う。

ラトミアの使節から何か要望があるのなら、まずトリスタンに話を通すのが基本だ。もしかして、フロリーナ公女やアリシア王女に関する問題なら、サイラスに聞くこともないわけではないのだろうが。

和やかな世間話——には、ちょっと見えなかった。

距離もあり、行き交う人影に紛れて、表情ははっきりと確認できなかったけれど。

それでもイーライがサイラスの左手をつかんで、何か言っているのはわかる。

「何が狙《ねら》いだ？」

行き過ぎる人間が振り返るほどの声ではなかったが、かすかにそんな言葉が耳に届く。

サイラスが公女に近づいているのが気に入らないのだろうか？

しかしトリスタンの見る限り、サイラスの方からあえて接触している気配はなく、仲のよいアリシア王女の護衛官という以上の関係とは思えない。少なくとも、今のところは。

そもそもサイラスが公女に好意を持っていたとしても、イーライがそれほど気にする必要はないはずだ。

サイラスが、会ったこともない大公女の夫の座を狙っているわけでもない——と思う。

もちろん、まったく別の、たわいもない話だという可能性もある。

しかし、もし何かもめているようなら止めるべきだろうか、と内心で迷ったが、大きな騒ぎになることはなく、それから二言、三言、何か言葉を交わしてからイーライは足早に大階段を登っていった。

肩をすくめ、サイラスも何事もなかったように、そのあとから大階段を上がっていく。

何だろう……？　と思っているうちに、完全に声をかけ損ね、トリスタンはサイラスの後ろ姿を何気なく目で追った。

一番上まで登りきって、回廊へ入る手前でふとこちらを見下ろしたサイラスが、トリスタンに気づいたらしく、笑顔で手を振ってくる。

トリスタンも手を上げて、少しぎこちない笑みを返す。

――と、その時だった。

サイラスの後ろを黒い影が通り過ぎた、と思った次の瞬間、弾《はじ》き出されるようにサイラスの身体《からだ》が手すりを越えて空中に投げ出されていた。

一瞬の出来事だった。声も出なかった。

間違いなく目の前で起こったことなのに、意識がついていかない。

まわりから甲高い悲鳴と叫び声が一気に噴き上がる。

礼拝堂の鐘が鳴り響く中、ただ呆然《ぼうぜん》とトリスタンは立ち尽くしていた――。

10

同じ礼拝堂の鐘が遠くに聞こえてくる。

ちょうど一時間後、円卓の間に王室護衛官たちが顔をそろえていた。

九人、全員だ。

定例のミーティングではなく、緊急の招集だった。

トリスタンは隣にすわるサイラスの顔を横目に見て、まだドキドキする心臓に無意識に手を当てる。

あの時――。

サイラスが大階段の一番上から投げ出された時、あまりに突然のことに、トリスタンは一歩も動けなかった。情けないことに、だ。

しかしちょうど通りかかったフェイスが、サイラスの身体を真下で受け止めたのだ。

もちろんその重みでフェイスの身体も押し潰《つぶ》されるくらいの勢いだったが、それでも石畳に頭から落ちていたら間違いなく大怪我《おおけが》で、そのまま死んでいたとしてもおかしくない。

おかげでサイラスは骨折すらなく、かすり傷ですんでいた。フェイスの方も、肘を打った程度で大きなダメージはなかったらしい。さすがに強靭《きょうじん》な肉体だ。

あの状況でとっさに動けたフェイスの反応速度もすごいが、サイラスもかなりの幸運だと思う。強運、というべきだろうか。

だが決して、喜ぶべきことではなかった。

あれは——間違いなく、誰かがサイラスを突き飛ばしたのだ。

顔は見えなかったが、あの時サイラスの後ろを通っていた人間が。

明らかに故意だった。

つまり、サイラスは命を狙われたということになる。

だが、どうして……？

わけがわからない。

一瞬、例の恋文が狙われたのかとも思った。トリスタンが預かっていることを知らず、サイラスを狙ったのかと。

だとすると、犯人はアダム・ノルデンくらいしか思い当たらない。素直に渡しておいて、実はとり返そうと先回りしていたのか。

しかしそれも、ちょっとしっくりこなかった。

「いったいどういうことだ？」

ジークが重苦しい声を発する。

「護衛官が狙われているということですか？　それとも、サイラスが？」

ファンレイが前提となる質問を上げる。

「他に最近、身辺で異変があった者はいるか？」

それを受けて、ブルーノが一同を見まわして確認した。

誰も答える者はいない。

つまり狙われたのはサイラス個人、という可能性が高い。

「そうなると、先日、図書室で本棚が崩れたのも事故とは言えないかもしれないね」

淡々と指摘したフェイスに、トリスタンも思い出した。

そうだ。あれももしかして、命を狙われていたのか……？

ゾッと背筋に冷たいものが走る。

確かにあの状況も、一歩間違えば危なかった。

「サイラス、おまえ、心当たりはないのか？」

「いえ、まったく……」

そんな問いかけに、困ったようにサイラスが首を振る。

円卓にしばらく沈黙が下りた。

やがて、フェイスが静かに口を開いた。

「理由がないはずはない。そしてここ最近でふだんと違ったことといえば、ラトミアの使節が来たことくらいだ」

とっかかりとしては、無理のない話の展開かもしれない。

トリスタンはドキリとした。

ラトミアの人間が関わっているのか……？　だがなぜ？　何のために？

「そもそも……、ラトミアが使節を寄越した理由がわかりませんからね。承認式の件を口実とすれば、ですが」

ファンレイが口を開く。

「誰かを探しているという情報がなかったか？」

何気ないような指摘にハッとした。

そうだ。それがある。

「ブルーノ、君は何か考えがあるんじゃないのかい？」

なぜか確信があるようなフェイスの問いに、トリスタンは思わず息を詰めてブルーノを見つめた。

ブルーノとフェイスは同じ国王付きということもあり、ともに行動する時間も一番長い。何か感じるところがあったのだろうか。

「そうだな。この状況であれば、護衛隊の中で情報は共有しておくべきかもしれない」

静かに顔を上げて、ブルーノが口を開いた。

「私も伝聞でしかないので、確証のあることではない。その前提で聞いてほしい。二十三年前の話だ」

二十三年前――。

トリスタンも学んだ歴史をたどることができる。前の独立戦争の時だ。失敗に終わった。

「今の陛下がまだ王太子でいらした頃、スペンサーの国境を守るために遠征されていた。帝国との国境だが、ラトミアとの国境でもある」

ちょうどこの間の戦争で、ディオン王子が戦ったあたりだろう。

「陛下に随行していた私の父から聞いた話だ。国境沿いの村へ陛下が入った時、一軒の民家でたまたま女性が暴漢に襲われていたところに出くわした。結局、深手を負った女は助からなかったが、まだ幼子だった男児を託された。その子も殺されかけたのか大怪我をしていたが、幸い命は助かった」

――そんな子供まで……。

想像して、トリスタンは思わず眉をひそめる。

それはあまりに残酷だ。

「陛下はその子を配下の兵に預けた。母親が持たせていた銀の指輪と一緒に」

――指輪……？

ハッとトリスタンは隣のサイラスを見る。

サイラスも少し表情を強ばらせて、自分の左手を見つめていた。指輪のはまった中指を。

「事実は、それだけのことになる」

静かに言葉を切ったブルーノに、フェイスが少しおもしろそうにうながす。

「その事実から組み立てた推測があるんだよね？」

ちらっとそちらを眺めてから、ブルーノがやはり淡々と続けた。

「その指輪だ。彫られている文様は月と星が二つ。それは現在のラトミア大公が、大公位につく前の公子でいらした時代に使われていた紋章になる」

トリスタンは思わず息を吸いこみ、大きく目を見張った。

他の護衛官たちの視線が、いっせいにサイラスに集まる。

それはつまり――。

「つまり、その幼子はラトミア大公の庶子ではないか、ということだね」

フェイスがうっすらと微笑んで結論づけた。

「民家と言ったが、小さな村にはめずらしい瀟洒《しょうしゃ》な館だったようだ。身分の高い貴族の愛人が暮らしていると、村では噂《うわさ》されていた。そして、戦争のどさくさに紛れて暗殺者が送られた。

……と考えることもできる」

ブルーノの言葉に、トリスタンはごくりと唾を飲みこんだ。

サイラスは、本当に物心ついた時からよく知っている幼友達だ。おたがいに知らないことなど何もないと思っていた。

それが、まさか――。

「想像はできたが、陛下は特に掘り下げる必要を感じられなかった。死に際の母親も、息子がスペンサーで、ただ穏やかに、幸せな一生を送れることを願っていたようだ」

「だが、今となってはラトミア大公にとって直系の、ただ一人の息子になる。それを捜しにきたというわけか……」

ふむ、とフェイスがつぶやく。

「館には侍女も一人いたようだ。スペンサーの兵が連れていったというくらいの情報は、向こうに伝わっていておかしくはない。これまであえて捜そうとはしなかったようだが、今のラトミアの国情では、血のつながった息子が生きているのなら、ぜひにも後継者として迎えたいという大公のお気持ちなのかもしれない」

それで……、イーライやカレル公子が捜していたということなのか。

そういえば、いつかイーライがサイラスのことを気にしていたのは、あの指輪に気づいたからだろうか。ラトミアの人間ならば、他にも気づいた者は多いだろう。

「でも……、ではなぜ、サイラスが命を狙われたのですか？」

思わずトリスタンは声を発していた。

「正統な公子に生きていてほしくないと思う人間がいるからだろう」

あっさりとブルーノが言った。

「誰、が……？」

当然の帰結だが、やはり衝撃はある。知らず、トリスタンの口から小さく疑問がこぼれた。聞きたいような、聞きたくないような、不安な気持ちだった。

「可能性だけで言えば何人もいる」

ブルーノが静かに続けた。

「もしも正統な公子が現れなければ、カレル公子に次の大公の地位がまわってくるかもしれない。あるいは、バンビレッド伯爵。大公女の婿候補の筆頭だそうだな？　次の大公位を望んでいれば、今さら正統な公子に出てきてほしくはないだろう。恋する大公女が我が儘《まま》を通す望みを捨てていないのであれば、アダム・ノルデンもリストから外せない。もしくは帝国がこの件を聞きつけていれば、スパイを送りこんで、王子の婿入り前に正統な公子は片付けておきたいと考えるだろう」

そんなにいるのか……。

まさか、カレル公子やイーライが、とは思う。とても考えられないが、……しかし。

動機、そして機会という意味では、一番大きいのかもしれない。

あの時——サイラスが突き落とされた時。

イーライは近くにいた。

騒ぎが起こって、フェイスに助けられたサイラスが無事だとわかってホッとした時、二階から見下ろしていた人混みの中に、イーライの姿もあった。

そしてたまたまか、カレル公子もあの場にいた。兄妹で招かれた茶会にでも行くところだったのか、侍女に付き添われてフロリーナ公女もいたのだ。

まともにその場面を見てしまったのか、侍女は真っ青になって悲鳴を上げ、公女はしばらく気を失っていた。サイラスが無事だとわかって、目に涙をためていたくらいだ。

あのタイミングであれば、公子自身が突き落とすことは不可能だと思うが、ただやるとしても自分で手を下す必要はない。配下の人間に命じればすむ。

あの場にいたのが、偶然なのか、あるいは結果を見届けたかったからなのか。

もちろんサイラスがあの時間、あの場所にいることなど予想はできなかったはずだが……、それとも、動きを追っていたなら可能だったのだろうか。あるいは、待ち伏せていた可能性もある。王室護衛官であれば、普通に日に何度も通る場所だ。

まさか、と思いたかった。

だがようやく一つ、納得した。

だからブルーノはサイラスが図書室で怪我をした時、トリスタンに行かせるのではなく、自分の目で検分に行ったのだろう。あの時すでに、事故ではない可能性を考えていたのだ。

「あの…、直系のご子息を捜しているのなら、なぜスペンサーに正式な問い合わせをしてこないのでしょう?」

ファンレイがそんな疑問を提示する。

「つまり…、彼らに暗殺するつもりがないとすれば、ですが」

「次の大公としてふさわしいかどうか確認してから、正式に、ということはあり得る」

確かに、例の帝国の王子のようなぼんくらだと問題だ。

「もしくは、うがった見方をすれば、陛下がその子供をスペンサーに連れてきたのは、次代の大公をスペンサーで育て、洗脳して、将来ラトミアの大公となった時、スペンサーの望むままに操れるようにしているのではないか、と考えた可能性もあるね」

ブルーノの言葉に、フェイスがおもしろそうに付け足した。

まさかそこまでは、とトリスタンなどは思うが、こちらにそんな意図はない、と言ったところで、信じるかどうかはあちらの問題だ。

ラトミアとしては、帝国から婿を入れていずれ併合される危険は冒したくないだろうが、同様にスペンサーにとりこまれてしまうのも嫌だろう。

狭間《はざま》の小国だけに、これまでも周辺各国の思惑に翻弄されてきた歴史があり、複雑なところだと思う。

だが逆に言えば、はじめから暗殺するつもりだったから、あえて公言することなく密《ひそ》かに捜していた――、とも考えられるのだ。

「それで、これからどうするの？」

話の内容にそぐわない口調で――いや、あえてなのか、おっとりとフェイスが尋ねた。

「今後の向こうの出方次第、そして」

口を開いたブルーノが、静かにサイラスに視線を向ける。

「サイラス次第だな」

ビクッとサイラスが顔を上げた。

「僕は……どうすれば……？」

乾いた声で、サイラスがつぶやく。

もちろん、誰よりも衝撃が大きいのはサイラス自身のはずだ。

「ラトミアから正式な迎えがくれば、君の意志で応えればいい」

ブルーノが淡々と言った。

「だがスペンサーにいる間は、君は王室護衛官の一員だ。君の身に危険があるのなら、我々は全力で守る。相手が誰であれ、危害を及ぼす者は捕らえて、相応の処分をする」

凛《りん》と響く声に、どこかホッとしたようにサイラスが微笑んだ。

「ありがとうございます」

そう。王室護衛官として、やることは何も変わらない。

トリスタンも膝の上でギュッと指を握った。

ただ忠実に、王家と国に尽くす。そのために仲間を守る。

サイラスがラトミアの正統な後継者であれば、その身を守ることが、ラトミアとスペンサーとの関係を守ることになり、スペンサーの国益を守ることにもつながるのだ。

張りつめていた空気が、ようやくふわりと和んだ。

「大丈夫？」

やわらかくフェイスがサイラスに尋ねている。

「大丈夫です。さっきもフェイスに助けてもらいましたし。簡単に殺されるつもりはありませんよ」

空元気だったにせよ、サイラスのいつもの明るい笑顔と力強い声に、トリスタンも少し安心する。

「とりあえず我々としては、サイラスの命が狙われていることには気づいていないふりをしておく。その方が相手の隙《すき》を誘いやすい。サイラス、君は常に二人以上で行動しろ」

ブルーノからの指示に、はい、とサイラスが厳しい表情でうなずいた。

そして基本、サイラスは執務室での仕事を中心に、外へ出る時には誰かが同行することになった。就寝中は、王女付きの護衛官なので、王宮内の王女の部屋にほど近い一室が与えられている。夜番の警備兵もいるし、さすがにそこまで暗殺者が入りこむのは難しいだろう。

いったん散会となって、一同が立ち上がる中、思い出したようにフェイスが尋ねてきた。

「そういえば、例の恋文はどうなったの？　もう返した？」

サイラスとトリスタンの顔を、どこか楽しげに見比べる。

「ああ…、いえ。まだ」

ようやくトリスタンも思い出して答えた。

その足で持っていくつもりだったが、あの騒ぎでそれどころではなくなっていたのだ。

「内容はどんなだった？」

どこかわくわくした顔で、フェイスが身を乗り出す。

トリスタンは見ていないので、サイラスの顔を眺めると、サイラスが微笑んで答えた。

「可愛《かわい》らしいお手紙でしたよ。趣旨で言えば、私のことを忘れないでね、ということでしょう。身も心もあなたのものです、とか書いてたらどうしようかと思いましたけど」

「えー、私も見たいな」

「ダメですよ。女性の恋文ですよ？」

喉で笑って、ぴしゃりと拒絶する。

そう、サイラスにとっては妹になるのだ。特別な感情も湧いてくるだろう。……一度も会ったことはなかったとしても。

護衛官たちがそれぞれに円卓の間を出る中、トリスタンはブルーノに呼び止められた。

「トリスタン、君が一番、ラトミアの使節との接触が多い。彼らの動きで気になることがあったら、報告を頼む」

はい、とトリスタンはうなずいた。

そうだ。自分が一番、彼らと近いのだ。

もちろん、彼らがサイラスの命を狙っていると決まったわけではない。どこかに潜んでいる、帝国のスパイの仕業かもしれない。それでも、油断することはできなかった。

なんとかうまく探り出せるといいのだが、と思う。

イーライかカレル公子、あるいは両方、もしかすると使節ぐるみでの可能性もあるのだろうか。彼らの仕業なのか、そうでないのか。その確証がほしいところだ。

特定できれば、その人物に絞ってマークすればいいし、使節の誰も関係していないのであれば、帝国のスパイを捜せばいい。

「今回のことは事故だと言い広めておく。誰かがサイラスの背中にぶつかって、その勢いで投げ出されたのだろうと。君もそのつもりで、彼らを油断させておいてくれ」

「わかりました」

なるほど、と思いながら、しっかりと確認する。

「彼らの帰国まで残り少ない。できればそれまでに片をつけたいと、敵もあせっているはずだ。どこかで尻尾《しっぽ》を出すかもしれない。十分に用心してくれ」

「はい」

そうだ。曖昧なままに終わらせたくない。またいつ襲われるかわからない、落ち着かない気持ちで日々を送るのはつらい。

トリスタンは無意識にギュッと拳を握りしめた。

何か、自分にできることがあるはずだった——。

執務室へもどったトリスタンはサイラスを捜したが、姿が見えなかった。

さっき言われたばかりで、一人でふらふら歩きまわっているとも思えず、部屋を出てすぐの小さな中庭をのぞいてみると、奥の小さなベンチに覚えのある背中が見える。

庭へ出て、トリスタンはそっと近づいた。

宮殿の奥の、壁に囲まれたこんな小さな中庭でも、この季節、バラをはじめ色々な花が咲き乱れている。

少しぼんやりとした様子なのは、やはり一度にいろんな現実が押し寄せているからだろう。

「サイラス」

トリスタンは静かに声をかけて、隣に腰を下ろした。

とはいえ、何を言ったらいいのかもわからず、素直に口にする。

「びっくりしたよ」

「僕もね」

サイラスが小さく笑って肩をすくめた。

もちろん、その驚きはトリスタンの比ではないはずだ。

「父さんと母さんが本当の親じゃないなんて、考えたこともなかったし」

ポツリとつぶやいた言葉に、トリスタンはハッとした。

確かに、そういうことになるのだ。

「でも二人とも、本当にサイラスのことは大事にしてたよ。自慢の息子だって」

ちょっとあせるような思いで、トリスタンは口にしていた。

サイラスの両親は、サイラスを他の兄弟と分け隔てなく叱《しか》っていたし、褒《ほ》めていた。端からでも、しっかりとした愛情を感じていた。それは断言できる。

「うん」

サイラスが微笑んでうなずく。

「ラトミアから正式な迎えがきたら、どうするつもり？」

早ければ、使節が帰国してすぐ、ということもあり得る。あるいは帰国間際に、その話が出る可能性も。

「はは…、わかんないよ。考えたこともなかったからなあ…」

サイラスがちょっと目を伏せて軽く首を振った。

当然だろう。考える時間がいる。

「トリスだったらどうする?」

「あー……」

聞かれたが、他人事《ひとごと》でさえトリスタンも頭の中は真っ白だ。まったく想像できない。

「わからないよね」

そのまま答えると、思わず顔を見合わせて二人でそっと笑う。

「あぁ、そうだ。アリシア王女のとこに顔を出してこないと」

と、思い出したようにサイラスが背筋を伸ばして言った。

「心配してるかどうかはわからないけど、フロリーナ公女と僕が落ちた話で盛り上がってるのかもなあ」

想像したのか、ちょっと口元を押さえて笑い出した。

確かに公女はその場面を見ていたのだし、王女の護衛官として、サイラスのこともよく知っている。ショックから立ち直れば、大いに話題にされていそうだった。

だが、笑い飛ばせているくらいなら、サイラスも大丈夫そうだ。

「つきあうよ。一人で動くのはまずいだろう?」

トリスタンは、ぽんとサイラスの肩をたたいた。
絶対にサイラスを守らなければ。
心に強く思う。
これまでどれだけ助けられたかわからない。少しでも返しておきたい。
もしラトミアへ行ってしまったら、やっぱり淋《さび》しくなるけれど。

11

「──なんだと⁉」

カレル公子の尖《とが》った声が、離宮の応接間に響き渡った。

あのあと、トリスタンはサイラスとともにアリシア王女のもとへ向かうと、案の定、フロリーナ公女が訪れていて、サイラスの話で大騒ぎしていた。そして助けたフェイスの話とか、他の護衛官の方にまで噂話を広げていたらしい。

ふと、今、フロリーナ公女がここにいるということは、カレル公子に恋文を渡す絶好の機会ではないか、と思いついたのだ。

トリスタンはそのことをサイラスの耳元でそっと告げて、もどってくるまで公女を引き止めておくように頼むと、一人、離宮へと急いだ。

ちょうど公子も、そしてイーライもとどまっており、外聞をはばかって三人で一室へこもると、今これが手元にある経緯を説明するとともに、恋文を公子に差し出した。

あっけにとられた公子の表情からすると、姫君たちのささやかな陰謀をまったく知らなかったようだ。イーライの方も、いつになくぽかんと口を開けてしまっている。

初めて見るそんな間の抜けた顔はやはり愉快で、トリスタンとしては少し小気味いい。

フロリーナ公女の見事な手際に感心するくらいだ。

「大公女殿下の筆跡かどうか、あらためてご確認ください」

だがもちろん、そんなことを口にはできず、真面目な顔で言い添えたトリスタンに、公子があわてて中を見る。

「確かにエレオノーラの文字だ。……まったく。ご身分の自覚がなさ過ぎるな」

大きなため息とともに、公子が首を振った。

「まだまだ子供でいらっしゃるのですよ」

それでも、イーライがなだめるように口を挟む。

「婿を迎えようという年だぞ!?　フロリーナもフロリーナで、まさかこんなことをしでかすとは……！」

いらいらと部屋の中を歩きまわりながら、公子が声を荒らげる。

当然ながら、なかなか怒りは収まりそうにない。

だがそれでは、トリスタンとしてはちょっと困る。

「カレル公子、どうかここは私たちの顔を立てて、当面、何もご存じないものとして対応いただけませんでしょうか？」

「そういうわけにはいかんっ。大公にご報告して、きちんとお叱りをいただかないと！」

厳しい表情で、公子が断言する。

「私たちが無事にとりもどせたのも、アリシア王女がお話しくださったからです。しかしそのことでお叱りを受けたとなると、お二人の友情にヒビが入りましょう。それは両国にとって、望ましいことではありません」

さすがにそれもまずいと考えたのだろう。

ううむ…、と難しい顔で公子がうなる。

「なかったことにすればいい、ということだな」

察しがよく、イーライがいくぶん軽い調子で言った。

「姫君たちは、相手に手紙が渡ったと思っていればそれで満足だろうし、アダムも一読していれば、気持ちは伝わったわけだ。フロリーナ公女が伝言を伝えたのと同じですよ。手紙は燃やしてしまえば、存在しなかったことになる」

「ええ」

イーライの言葉に、トリスタンも大きくうなずく。

「エレオノーラ様もいずれ、ご自身の浅はかな行為を後悔される日がくるでしょう。その時に殿下の方から、今回の顚末《てんまつ》をお伝えすればよいと思いますよ」

イーライは大公女の短慮を指摘しているようで、トリスタンもちくりと嫌みを言われたような気がした。

君はよく判断を間違える、と。

初めて会った時から、ズケズケと言われていた。

そういえば、大公女も自分の素直な感情を優先して動いたということなのだ。

少しばかりムッとしたが、今は――そんな些細《ささい》なことを気にしている状況ではなかった。

本当にイーライが、あるいは公子が、サイラスの命を狙っているのか……？

こうして対面していても、とてもそんな気配は感じられない。

やはり信じられない、と思うのは、信じたくないからなのか。

心を平静にたもって、客観的な目を持たなくては。

トリスタンはそっと自分に言い聞かせる。

「ともあれ、スカーレットの方々には深く感謝する。大変な醜聞になるところだった」

イーライがあらためて向き直って言った。

「いえ。無事にお返しできてよかったです」

トリスタンは静かに微笑む。

不思議だった。今は少し落ち着いて、イーライの顔が見られる。

あのキスのあと、どうやって顔を合わせようかと思ってもいたのだが。

開き直ったせいかもしれない。

イーライが自分に特別な感情などないことはわかっている。だから、つまらない自分の感情など、どうでもいい。今はしっかりと観察し、一つでも事実を突き止めなければならない。

サイラスの命がかかっているのだ。そして、未来が。

「そういえば、サイラス・ピオニー卿は大事なかったのか?」

思い出したように、公子が口を開いた。

「ああ…、ええ、ご心配をおかけいたしました」

何気ないふうに答えながら、来た——、という思いで、少し身体に力がこもる。

「どういう状況だったんだ?」

イーライも腕を組んで、いくぶん厳しい眼差しで尋ねてくる。

「殿下もあの場にいらっしゃいましたね。イーライ、あなたもですか?」

知ってはいたが、とぼけて尋ねたトリスタンに、ああ、とだけ、短く答える。特にごまかすつもりはないようだ。

「あんな事故の現場をお見せして、フロリーナ公女にも怖い思いをさせてしまいました」

「事故?」

淀《よど》みなく言ったトリスタンに、イーライが鋭く反応する。

「ええ。後ろを通っていた男が急いでいたのか、サイラスの背中にぶつかったようですね。その勢いで投げ出されてしまって」

「それはちょっと……、どんくさくないか？　騎士にしては」

眉を寄せ、遠慮のない口調で公子が指摘した。

サイラスが直系の公子だとわかっているのなら、いささか評価を落としたかもしれない。

「もしかすると、王室護衛官は宮廷内で少しやっかまれているところがありますから、腹いせで誰かがわざとぶつかったのかもしれません。どちらにしても、騒ぎが大きくなって、とても名乗り出られないのでしょう。サイラスは、ちょうど私と別れて手を振っていたところだったんです。少し手すりから身を乗り出していたので、身体の向きも悪かった。ぶつかった相手もまさか落ちるとは思っていなかったでしょうし、今頃は真っ青になっているのではないでしょうか」

さりげなく、トリスタンは少しばかりフォローを入れた。

「だといいがな……」

いくぶんあきれた顔で公子が顎を撫《な》でる。

スペンサーの王室護衛官はずいぶん暢気《のんき》だ、と思っているのかもしれない。

だが、そう思われているくらいでいいのだ。こちらがヘタに緊張していると警戒される。

イーライは何も言わなかったが、少しばかり落ち着かない様子で、親指が唇を撫でていた。

――暗殺が失敗したことにいらだっているのだろうか？

ざわり、と不安のような息苦しさが襲ってきたが、トリスタンはそっと息を吸いこんで、腹に力をこめる。

「では、私はこれで」

そして一礼して辞そうとしたトリスタンに、公子が声をかけた。

「そうだ、トリスタン。今夜、この離宮でのささやかな食事会に君を招きたいのだが、受けてくれるか？」

「私、ですか？」

意外な申し出に、トリスタンはちょっと首をかしげた。

今回の使節の滞在中、王宮での晩餐会をはじめ、主立った貴族たちもこぞって彼らを食事や夜会に招き、もてなしているが、ラトミアの方でもたまに返礼として、この離宮に客を招いているようだった。料理人も一人、遅れて到着しており、街の市場で食材などを買いそろえているらしい。

「私たちの滞在もあとわずかだ。君にはずいぶんと世話になったからな」

公子の笑顔に他意は感じられないが、彼らにしても、トリスタンから何か情報を得たいのかもしれない。

「それは…、光栄です。ええ、喜んで」

少しばかり緊張しながらも、トリスタンは微笑んで答えた。

彼らの帰国は四日後の予定だったが、明日は送別晩餐会から引き続いて大舞踏会が開かれることになっている。それが終われば、慌ただしく帰国準備に入るだろうし、その前に、ということだろう。

トリスタンはいったん執務室へもどってブルーノに報告し、今夜の予定を伝えた。

少し打ち合わせをしてから、もう一度、王宮のアリシア王女の部屋に向かって、サイラスと合流する。

どうやら公女は、今夜はアリシア王女と夕食をともにすることにしたようで、トリスタンが離宮に食事に招かれたことを聞くと、「じゃあ、こちらはサイラスを借りましょう！」と、盛り上がり、どうやらサイラスは夜も少女たちと付き合うことになりそうだった。

マジかー…、とちょっと遠い目をしていたが、宮中で王女たちと一緒にいればある程度の安全は確保できるので、トリスタンとしても安心ではある。

とりあえず二人で執務室へもどってそれぞれの仕事を進めてから、夜を待って、トリスタンは再び離宮を訪れた。

食事会といっても、公子とイーライ、そして客であるトリスタンの三人だけだ。

話題はスペンサーの復興計画から、王室護衛隊の発足の経緯までに及び、これだけ滞在していても、いろいろと興味は尽きないようだった。

勉強熱心とも言えるが、少し探られているようにも感じる。実際に、サイラスの話もかなり多く振られていた。

トリスタンが幼友達だと知って——考えてみれば、最初にイーライと会った時、母との間でサイラスの話もちらっと出ていたのだ——、幼い頃の様子なども聞かれたが、答えに困るような内容はなかった。物心ついた時からの友人で、トリスタン自身、サイラスが養子だなどと聞いたこともない。

「そういえば……、すみません。失念しておりました」

食事も終わりかけた頃、トリスタンは今思い出したふりで口を開いた。

「実は、明日の宮廷晩餐会のあと、アリシア王女がこちらの離宮にお泊まりになりたいそうなのです。フロリーナ公女のお部屋に、ということですが」

「ほう、わざわざ離宮にとは。お二人は本当に仲良くなられたようだな」

イーライがワインのグラスに手を伸ばしながら、微笑んで言った。

二人そろってじゃじゃ馬娘で、いろいろと手を焼かせてくれるが、まあ、両国の友好関係にとって悪いことではない。

「歓迎晩餐会の時には、公女がアリシア王女のお部屋にお泊まりになられたでしょう？　ですので、送別晩餐会の夜はこちらに、と。何か公女の宝物をお見せしたいそうですよ」

それは嘘《うそ》ではないし、微笑ましい話だ。

「別れが名残惜しいのだろうな。私も、フロリーナのこれほど楽しそうな姿は初めて見たよ」

公子がうなずく。

どうやら時間をおいて気持ちも落ち着き、恋文の件での怒りも収まったようだ。もともと、あまり深く根に持つタイプではないように思う。

そっと唇をなめ、トリスタンはさりげなく続けた。

「それで、一応、警護のためにサイラスが王女に同行することになりますので、一部屋、お借りできますか？」

公子とイーライの顔を、トリスタンは強いて穏やかな笑みのまま眺める。

一瞬、二人が視線を交えたのがわかる。

「……ああ、もちろん」

その分、イーライの返事が一瞬、遅れた気がした。

「使節の半数はすでに帰国したから、部屋はいくらでもある。用意させておこう」

「お願いします」

二人とも、やはりサイラスが大公の庶子だと認識しているのは間違いなさそうだ。

問題は、命を狙っているのが彼らかどうか、ということだ。

それから少し酒を付き合ったあと、トリスタンは席を立った。

「本日はありがとうございました。カレル公子と食事の席をともにできましたこと、光栄にございました」

丁寧に礼を述べたトリスタンに、公子も機嫌よく手を差し出し、握手を交わす。

「いや、私こそ、滞在中は本当に世話になった。例の…、手紙の件でもな」

「それはなかったことになったはずでは？」

少しいたずらっぽく言ったトリスタンに、そうだったな、と公子が笑う。

「下まで送ろう」

イーライが見送りに立ち、蠟燭《ろうそく》が並ぶだけの薄暗い廊下を階段の方へと向かう。

予想通りではあった。

いよいよ、という緊張で、トリスタンは心臓がものすごい音を立てているのがわかった。

しかしそれを気づかれるわけにはいかない。

玄関ホールまでの間、いつにない沈黙が続いたのは、おたがいに頭の中で考え事があったからか。

正面の扉の前に立っていた侍従が、二人の姿を見て一礼し、扉を大きく開く。

が、イーライはその男に手を振って、無造作に下がらせた。

開いたままの扉から月の光が差しこんで、二人の後ろに一筋の道を作っているようだった。

「トリスタン」

広いホールに二人だけになって、イーライがいくぶん硬い表情でトリスタンを見下ろした。

「教えてほしい。スペンサーは何を企《たくら》んでいる？」

突然だった。

いつになく、真剣な眼差《まなざ》し。

こんなにまともに聞かれるとは、思ってもいなかった。

まっすぐな問いに、トリスタンは思わず目を見張った。それでも、反応としてはおかしなものではないと思う。

「企んでいる……というと？」

ドクドクと心臓の激しい鼓動を感じながら、トリスタンは首をかしげてみせる。

「あなた方は何か企んでいるのですか？」

むしろおもしろそうに聞き返したトリスタンをじっと見つめ、イーライが大きく息を吐いた。

「いや…、つまらないことを言った。スペンサーにいるのもあと数日だと思うと、少し感傷的になった。陛下や護衛隊のご厚意には感謝している。君の時間も、ずいぶんととってしまったのだろう」

何かを振り払うように首を振り、イーライが話を変えた。

「いえ、私も楽しく皆様と交流させていただきました」

さらりと言ってから、トリスタンはぐっと腹に力をこめる。

必死に気持ちを奮い立たせ、しかし表面に張りついた笑顔は崩さないまま、イーライを見上げた。

「実は一つ、あなたにお願いがあるのですが」

「何だろう？　俺にできることなら、何なりと」

いかにも朗らかな様子で答えたイーライに、トリスタンは一気に言葉を押し出した。

「私を、抱いてくれませんか？」

もちろん自分から誰かを誘ったことなど初めてだったし、こんな状況でなければ、とても口にすることはできなかっただろう。そしてあのことをイーライに知られていなければ、やはり言い出せなかったし、考えもしなかったはずだ。

さすがにイーライも一瞬、声を失ったようだ。

「はは…、君からそんな誘いを受けるとは思わなかったな」

そして軽く答えながらも、困惑したように視線を漂わせる。

「私では食指が動きませんか？」

「いや、……まあ、そうだな」

あえて淡々と畳みかけたトリスタンに、イーライが何か困ったように前髪を掻《か》き上げて、低くうめく。

トリスタンは思わず唇を噛んだ。

はっきりと言われると、さすがにつらい。無意識にぎゅっと、指が上着の裾を握りしめた。

遊び慣れている男だったとしても、相手は選ぶということだろう。あたりまえだ。

「そうですか……。残念です。あなたなら経験も豊富でいらっしゃるようだし、あのこともご存じなので、ちょうどいいかと思ったのですが」

それでもトリスタンは、震えそうになる声を必死に抑え、あえてたいしたことではないという様子で続けた。

あのこと――、と自分で口にするのも息が苦しい。

そして本当に、あのことを知っているのはイーライだけなのだ。サイラスも、他の護衛隊の仲間たちも、誰も知らないことを。

決して知られたくない、汚れた過去を。

「怖くて……、もう二年以上も、誰とも肌を合わせていなくて」

必死に押し出すように言ったその言葉は、本心だった。

誰かに触れられるのは怖かった。自分がどんな反応をしてしまうのか、想像できなくて。

だから、誰かを好きになるようなこともなかった。

その先を考えると、どうしても身体が強ばってしまう。ただ気持ち悪いばかりで、何も感じることができなくて、……相手を怒らせてしまうのではないか、と。

キス――なんて、イーライにされるまで、まともにしたこともなかった。

あの男に無理やり唇を奪われ、男のモノをくわえさせられて以来。

「誰か別の人に抱いてもらえれば、忘れられるかと思ったのですが」

だが必要なら、自分のこの境遇も利用する。それで同情を誘えるのならかまわない。

それにもしかすると、自分に気持ちのない相手であれば、むしろ何も考えずに抱かれることができるのかもしれない……。

「すみません。ご迷惑でしたね」

目を伏せてあやまったトリスタンに、イーライが息を詰めるようにして聞いてくる。

「どうするつもりだ?」

「誰か、他の方を捜します」

顔を上げ、精いっぱい微笑んで言ったトリスタンに、イーライが瞬時に顔色を変えた。

「どうして君は……!」

いつになく切羽詰まった声を上げると、イーライが、バン! と乱暴に玄関の扉を閉じる。

急な変化に驚くトリスタンの腕をつかむと、そのまま引きずるようにして二階へ上がった。

痕《あと》が残るほどの、強い力だ。あらがう余裕もない。

そして一室へ入ると、奥のベッドにトリスタンの身体を放り出した。

「イ、イーライ?」

さすがにトリスタンもとまどってしまう。彼がこれほど怒っている理由がわからなかった。

だが、狙っていた展開ではある。少し油断させることができれば、寝物語にも何か聞けるのではないか、と。

でも多分……、それだけではない。

もしかするとそれは、ただの口実なのかもしれない。自分では気づかないふりをしていたけれど。

一度だけ、試してみたかったのだろうか？　自分の気持ちと……身体を。

あの時とは違う。

どんな形であれ、自分から望んだのは初めてだった。

イーライがベッドの脇で無造作に服を脱ぎ捨てた。淡い月明かりの中に、たくましく引き締まった男の身体が浮かび上がる。

トリスタンは息を詰めて、覆い被《かぶ》さってくる大きな影を見つめた。

男の手がトリスタンの上着のボタンを外し、いくぶん手荒く服を脱がせていく。

時折肌に触れる硬い指の感触に、素肌がシーツにあたるひやりとした感触に、知らずぶるっと身震いする。知らず息が荒く、浅くなる。

「震えているくせに」

ふと手を止めたイーライが、どこかいらだったようにつぶやいた。

「どんなふうに……、あの男に抱かれた？」

そして感情を抑えこんだ、ただ硬く低い声で詰問してくる。

月の光の陰になって、男の顔が見えないのは救いだった。

自分の弱さを、淀んだ記憶を吐き出すことができる。

「乱暴な……、男です。暴力を振るうのが好きな……」

自分より立場の弱い人間を痛めつけ、思い通りにすることに快感を覚えるような。

思い出しても、恐怖と嫌悪しかない。

「どっちがいい？　どうされたいんだ、君は？」

ただイーライの声だけが、あの男とは違うのだと教えてくれる。

厳しいのに、怒っているのに、それでも自分ではなく、トリスタンの気持ちを優先してくれる。

「あなたの……、したいように」

トリスタンはそっと息を吐き出した。

何も、わからないのだ。

自分の身体は、あの男しか知らないから。

あ、と思いついて、トリスタンはそっと男の中心に手を伸ばした。

「私が……、しましょうか？」

かわいそうに思って付き合ってくれるのなら、そのくらいは自分からすべきだと思った。

しかし次の瞬間、ものすごい勢いでその手が払い飛ばされる。

「――やめろ！　バカか、君はっ！」

荒い息づかいで、怖いくらいの形相でにらみつけてくる。闇の中でも、その両目が怒りに光を放つのがわかるくらいだ。

「二度と、君がそんなことをする必要はない……！」

驚いて、トリスタンはそんな男の目をまともに見つめ返した。

またバカと言われた。二度目だな、と妙に冷静に思ってしまう。

だが、今はなんとなくわかる。

トリスタンのために、怒っているのだ。

……最初に会った時から——ずっとそうだった。

そう思うと、胸が苦しくなる。

「……すまない」

深く息をつき、イーライがそっとあやまった。

「俺のしたいようにする」

そして静かに宣言すると、トリスタンの指を絡めとり、そのままシーツに張りつけるように押さえこんだ。

大きな身体が覆い被さり、真上からじっと熱い眼差しが落ちてくる。

「君はただ、感じていろ」

「え？」

一瞬、意味を取り損ねたトリスタンにかまわず、手を伸ばしたイーライがぐっとトリスタンのうなじをつかむ。その拍子に、結わえていた紐《ひも》がほどけ、乱れた髪が肩を覆う。

そのまま強く引き寄せられ、唇が奪われた。

あっ、と思った次の瞬間、濡《ぬ》れた舌がトリスタンの唇をなぞり、さらに深く入りこんでくる。

「ん……、あぁ……」

そのまま舌が絡められ、きつく吸い上げられて、トリスタンはただされるまま、無意識に男の肩をつかんだ。

ジン…、と頭の奥が痺《しび》れ始める。一瞬身震いした身体が、男の体温で少しほどけていく。男の匂いが身体に沁《し》みこみ、なぜか泣きたくなる。

ようやく離されて、トリスタンはあえぐように深く息を吸いこんだ。

ぼんやりとしている間に、男の唇が顎から喉を伝い、湿った音を立ててトリスタンの肌を貪《むさぼ》る。汗ばんだ手のひらがたどるように胸を撫で、小さな乳首が指先でなぶられて、あっ、と思わず、高い声がこぼれてしまう。

その反応に、わずかに顔を上げてイーライが吐息で笑った。

トリスタンは急に恥ずかしくなって、たまらず顔を背ける。

大きな手のひらで宥《なだ》めるように頬が撫でられ、そっとやわらかなキスが落とされる。

そしてそのまま、ついばむようなキスが喉元から胸へと落とされ、濡れた舌先がトリスタンの乳首を軽く弾いた。舌と唇でなぶられるまま、トリスタンの小さな芽はあっという間に硬く芯を立ててしまう。

「――ひっ…、あぁぁ……っ！」

いやらしく唾液を絡め、恥ずかしく尖った乳首がいきなりきつく摘み上げられて、トリスタンはたまらず高い声を放った。ずきん、と身体の芯を何かが走り抜けたようだ。

しかし男の指はさらにきつく押し潰し、もう片方の乳首も口に含んで甘噛みを繰り返す。

「イ……ライ…っ、イーライ……っ」

無意識のまま、トリスタンは胸に押さえこむように男の頭をかき抱く。

「まだ前戯に入ったばかりだがな……」

イーライが低く笑うように言った。

だがこんな甘い……前戯など、今までされたこともない。ただ奪われるだけで。

イーライがズボンへ手を伸ばしてきた。

「腰を上げて」

そっとうながされ、さすがに恥ずかしかったが、自分から言い出したことなのだ。

トリスタンは言われるまま、わずかに腰を持ち上げた。

手際よくズボンが脱がされ、下肢が剝《む》き出しにされて、頼りなさといたたまれなさに、無意識に足を重ねてしまう。

「ダメだ。全部、見せてもらうぞ」

しかし無慈悲に言いきると、イーライはいくぶん強引にトリスタンの足をつかみ、大きく押し広げた。

「そんな……っ」

下肢を丸出しにするあまりに淫《みだ》らな格好に、たまらずトリスタンは顔を背け、とっさに片手で中心を隠そうとした。

かまわずイーライが、片足の膝のあたりから中心へ向けて唇を這《は》わせてくる。

「あぁ…っ、あっ……、ああ……」

敏感な内腿《うちもも》がやわらかく嚙まれ、痛くはないのに、ビクビクと震える。甘い疼《うず》きが腰の奥から湧き出してくる。

隠した自分の手の中で、自分自身が硬く張りつめてくるのがわかり、泣きそうになった。

——こんな……、たったこれだけで。

どれだけ浅ましい身体なのだろう……、と。

自分ではわからなかったが、知らず男を誘っていたのかもしれない。もの欲しそうにしていたのかもしれない。

だから、あんな——。

「トリスタン」

しかしふいに熱を帯びた男の声がしたかと思うと、トリスタンの手がどけられ、何か硬く、熱を孕《はら》んだモノが中心に押しつけられた。

大きな手で男がまとめてつかみ、軽くこすり合わせる。

ハッと、トリスタンは目を見張った。

同じ……同じだ。

同じように、イーライも感じている。

そう思うと、安堵《あんど》でやはり泣きそうになる。

いったん手を離してから、イーライがトリスタンの片足をさらに大きく抱え上げ、爪の先からなめるようにキスを落とした。

そして、温かく濡れた感触に中心が包みこまれるのを感じ、トリスタンはようやく気づいた。

「――だめ……っ！　イーライ……っ」

とっさに腰を引こうとしたが、男の手ががっちり腰を押さえこみ、さらに深く喉の奥までくわえこまれる。

熱い舌が絡みつき、執拗《しつよう》にトリスタンのモノをなめ上げた。口の中で何度もこすり上げられ、先端やくびれや、感じるところを一つ一つ、指で、舌で愛撫《あいぶ》される。

自分のされていることが信じられなかった。何度もさせられたが、されたのは初めてだった。

身体の奥から感じたことのない熱がこみ上げ、トリスタンはさらにあせって声を上げる。

「離して…っ、離してください……っ！　もう…っ、もう……っ」

限界が近いとわかる。我慢できずに出してしまう。

しかし男はかまわず先端の小さな露口を舌先でなぶり、きつく吸い上げた。

「あぁぁぁぁ…………っ！」

瞬間、トリスタンは頭の中が真っ白になった。

ぼんやりとした意識の中、自分の荒い呼吸だけが耳につく。もう何も考えられない。

いったん顔を離したイーライは濡れた唇をぬぐい、今度は根元の双球を丹念に口の中で転がした。そしてさらに、腰の奥まで舌を伸ばしてくる。

ただ呆然と、自分が何をされているのかも意識できなかったトリスタンだったが、最奥の窄《すぼ》まりが指で押し開かれ、硬く強ばった襞《ひだ》が舌先でなぞられて、さすがにあせった。

「イーライ、そこはダメ……っ」

必死に腰を引こうとしたが、男の手はさらに腰を浮かせるようにして強引に押さえこむ。

「俺のしたいようにすると言ったはずだ」

熱っぽく、かすれた声でぴしゃりと言うと、容赦なく唇で触れてくる。

「あ……」

そんなところを。

たまらず、ぎゅっと目を閉じる。

しかし男の舌はかまわず、頑《かたく》なな襞を溶かすように唾液をこすりつけ、何度もキスが与えら

れる。その愛撫に、硬く引き締まった襞は次第に甘くとろけはじめ、動きまわる舌をくわえこもうとするみたいに淫猥《いんわい》に収縮を始めていた。

さっき出したばかりなのに、なめられただけであっという間に、また中心は硬く反り返ってしまう。

溶けきった襞は指でさらに押し開かれ、奥深くまで男の舌の餌食《えじき》になる。

恥ずかしさに身悶《みもだ》え、もう息をするのがやっとだった。

ようやく顔を上げた男が、今度はそこに指先を押し当て、ゆっくりと中へ沈めてきた。

「あ……、ん…、んん……っ」

その感触に、ざわりと肌が震える。

たっぷりと濡らされて、痛みはなかった。

熱く潤んだ中が男の長い指で掻きまわされ、やがて二本に増えて、何度も抜き差しされる。

無意識のうちに、トリスタンは男の指をきつく締めつけていた。

「あっ、あっ、あぁっ、あぁぁ…っ、あぁっ、ダメ…っ、ダメ……っ」

危ういようなあえぎ声がトリスタンの口から止めどなくこぼれ落ちる。

甘く狂おしい疼きが波のように腰の奥から打ち寄せ、自分では止めようもなく、淫らに腰が揺れてしまう。

気がつくと、後ろを指でいじられながら、再び前が男の口にくわえられた。

「な……っ、イーライ……！」

大きくのけぞって、トリスタンはたまらず声を上げる。

前後に同時に与えられる刺激は、さっき口でされた時の比ではなかった。

すさまじい快感に、全身が溶け崩れるようだった。

「そんな……そんな……っ、あぁぁ……っ」

トリスタンは無意識にシーツを引きつかみ、身をよじりながら泣きじゃくった。

だがその泣き声は、すぐにいやらしい嬌声《きょうせい》へ変わっていく。

どんどんと追い上げられて身体は熱を持ち、与えられる快感に押し流されて、さらなる快感を貪欲《どんよく》に求める。

「……っ…あぁ…っ！　いい…っ、いい……っ！　もっと……！」

自分はこんな、淫らな声を上げていたのだろうか？

あの男に抱かれている時は、ただ痛みと嫌悪しかなかった。ただ心を殺して、時が過ぎるのを待つだけだった。

けれど結局、こんな猥雑な身体だったのだろうか。

いやらしく腰を振り乱しながら、知らず涙がにじんでくる。

「トリスタン、大丈夫だから」

と、ふっと、耳元で優しい声がした。

「いい子だ」

耳たぶが甘噛みされ、大きな手で頬が、髪が撫でられる。

「イ……ラ……イ……？」

「そのまま……、感じていいからね」

汗ばんだ額に唇が押し当てられ、宥めるような声がささやく。

「入れるよ」

そして熱い、切羽詰まった声。

硬いモノが溶けきった入り口に押し当てられ、男の熱が身体の奥にじわりと食いこんでくる。

「――ふ……、あぁぁぁ…………っ！」

一瞬の痛みのあと、疼ききった中がきつくこすり上げられ、心が震えるような陶酔が全身に押しよせた。

熱い波に呑《の》みこまれてしまいそうで、トリスタンはとっさに男の肩にしがみつく。

その背中が引き寄せられ、強く抱きしめられて、さらに全身が激しく揺さぶられた。

おたがいに奪い合うみたいに、何度もキスを交わす。

そのまま、何度達したかわからなかった。

「いい子だ。愛してるよ」

意識が吸いこまれる中、どこか悲しげな声が聞こえた気がした――。

目が覚めたのは、やはりその話し声が耳に届いたからだろうか。

気がつくと、シーツに男の温《ぬく》もりは残っていたが、イーライの姿はなかった。

わずかに身じろぎすると、甘い倦怠感《けんたいかん》が全身を押し包んでくる。身体の汚れも拭《ぬぐ》われ、ただやわらかな熱に包まれて、そのまま静かにまどろんでいたくなる。

違うのだ……、と初めて知った。

誰かと肌を合わせるというのは、こういうことなのか、と。

あの男に抱かれたあとは、重い身体を引きずって、ただ早く一人になりたいだけだった。声を殺して、一人で泣いて。すべての記憶と、肌に残る感触を消してしまいたくて。

そっと吐息が唇からこぼれ落ちる。

よかった。せめてそれを知ることができて、よかったと思う。

イーライにしてみれば、どんな「一夜の恋人」も、同じように優しく扱うのだろうけど。

貴族らしく、洗練された技術と、マナーと。そして、きちんと相手を満足させるように。

こんなところでも評判は落とせない。

女性に人気の貴公子も大変だな…、と、トリスタンは無意識に小さく笑ってしまう。

「……やはりサイラス・ピオニーか」

と、ふいにその名が低く聞こえてきて、なかばぼんやりとしていた意識が一気に呼びもどされた。

ボソボソと低い話し声は、ドア越しに隣の居間から聞こえている。

どうやら声の主はカレル公子のようだ。

トリスタンはベッドの上でわずかに身を起こすと、無意識に息を詰めて、話し声に意識を集中させた。

「スカーレットの連中は勘づいていないのか？」

「どうでしょうね……」

慎重に答えた声は、やはりイーライだ。

「トリスタンの様子では気づいていないようだったが？」

「彼もあれでスカーレットの一員ですからね。意外としたたかですよ」

そんなイーライの言葉に、一瞬、ひやりとする。

「それに、ブルーノ・カーマインがそれほど愚昧《ぐまい》とも思えませんが」

「では素知らぬふりで、こちらの出方をうかがっていると？」

「あり得ますね」

いらいらした様子で、公子の方だろう、部屋を歩きまわる足音がする。

「このままにしておいていいのか⁉」

いくぶんあせった様子の公子の声。

「よくはないですね」

「帰国したら、大公に見つかったと報告せねばならん」

「見つからなかった、と報告することもできますよ」

感情を消したイーライのその言葉に、ふっと公子の足音が止まり、息詰まるような沈黙が落ちた。おたがいを探り合うような。

「……おまえがやったのか？」

やがてうかがうような低い声。

トリスタンはドキリとした。

つまり、サイラスの暗殺――未遂――を、という意味に聞こえる。

「まさか」

あっさりと答えたイーライが、続けて聞き返す。

「そういう公子こそ、誰かにやらせたのではないでしょうね？」

「ふざけるな！」

気色ばんだ怒鳴り声。

「……どうか声を抑えて。真夜中ですよ」

いくぶんあせったように、イーライが戒める。

どうやら寝室にトリスタンがいることを、公子には伝えていないようだ。でなければ、「聞こえます」くらいは言うだろう。

……まあ、言えるはずもない。

「内密に捜すべきだとおっしゃったのは殿下ですよ？」

「国を考えてのことだ！」

「私が考えていないとでも？」

「もう二十年以上もスペンサーで育ったんだぞっ？　ラトミアなど、その男にとっては祖国でもなんでもないはずだ。ふさわしくない者に国を預けることはできんっ」

「慎重に行動してくださいと言っているのです」

「おまえだけに任せておくわけにはいかん！　国の存亡に関わるのだぞっ」

どうやら大公の命で息子を捜しにきたものの、二人の意見が少しばかり食い違っているということのようだ。

だが確かに、公子の言い分もわからないではない。

血筋を考えれば、当然、サイラスが後継者になるべきだろうが、愛国心という意味では、少なくとも今のサイラスが命と忠誠を捧《ささ》げているのは、スペンサーの王家だ。

公子にしてみれば容認できないだろうし、自分の方が、という思いはあるのかもしれない。

だが大公の意志に反し、うかつに公子が動けば「簒奪《さんだつ》」という形になってしまう。それは反逆であり、国への裏切りになるだろう。

二人の会話からすれば、どちらもサイラスの暗殺には関わっていないように聞こえる。が、おたがいにしらばっくれているだけという可能性もある。

「もう時間がない。決着をつけねばな」

どこか不穏な言葉を残し、公子が出て行くドアの音が聞こえた。

イーライが大きなため息をもらし、そして足音が近づいてくる気配に、トリスタンはあわててシーツに潜りこんで目を閉じた。

そっとドアが開き、枕元に立ったイーライの、痛いような眼差しを感じる。

気づかれているのだろうか？　とドキドキしたが、さらりと指先が頬を撫で、そのまま男がトリスタンの横にすべりこんできた。

たくましい腕が、背中からトリスタンの身体を大きく抱きしめる。

反射的にビクッと身体が震えてしまい、トリスタンは今、気がついたふりをした。

「誰か…、いらしたのですか？　声が聞こえたような……」

「いや、大丈夫だ」

ぼんやりとしつつも、少しあわてた様子で言ったトリスタンに、イーライが穏やかに答える。

そして宥めるように、トリスタンのうなじにそっと唇を押し当てた。

「もう少し…、このまま寝ていてかまわないから」

優しい声が耳元でささやく。

その腕が温かくて。力強くて。

信じられないくらい、安心できて。

こんな……腕もあるのだ、と。

初めて知った。

——決して、好きになってはいけない人だけれど。

「はい……」

もう少しだけ、と思いながらも、目を閉じると、吸いこまれるように眠りに落ちてしまう。

そして次に目覚めた時、窓の外は白み始めていた。

「起きたの？」

少しぼんやりとした頭を小さく振ると、どうやらイーライはすでに気づいていたらしく、穏やかな声が尋ねてくる。もしかすると、ずっと起きていたのかもしれない。

「……帰ります」

静かに告げたトリスタンに、そうか、とだけ、イーライがつぶやくように言った。

それでも指先は、まだトリスタンの髪をそっと撫でながら。

思いきるように男の腕を抜け出したトリスタンは、身を起こし、乱れた髪を紐で結わえ直すと、手早く身支度をすませた。

身体にはさすがに気怠《けだる》さが残っていたが、気持ちは穏やかだった。

背後でイーライが身体を起こした気配を感じ、トリスタンはそっと振り返る。

上半身は裸で、ベッドの端に腰を下ろしたまま、イーライがまっすぐにトリスタンを見つめていた。

目が合うと、わずかに逸《そ》らせて膝の上で指を組む。そして、いくぶんかすれた声で言った。

「トリスタン、ゆうべのことは忘れてほしい」

一瞬、息が止まった。鋭い刃物でえぐられたように胸が痛む。

それでも、落ち着いて返した。

「もちろんですよ。私がお願いしたことですから」

サイラスのことは別にしても、国へ帰ればすぐにでも大公女と婚約、という流れができているのかもしれない。

婚約前の、最後の火遊びだ。とはいえ、外聞のいいものではない。

「ご迷惑はおかけしません」

イーライがそっと顔を上げて、うかがうように尋ねた。

「少しは…、忘れることができただろうか？」

そう、そのために抱いてもらったのだ。少なくともイーライは、そのつもりだったはずだ。

……トリスタンを哀れに思って。
少しでも傷が癒《い》えるように、と。
それは彼の優しさだ。
「ええ、少しは」
トリスタンはそっと微笑んだ。
——そして、新しい傷も刻まれた。
甘く、切なく、泣きたいくらい優しい傷が。
思い出すたび心が痛み、じくじくと疼くような。
これは生涯、忘れられそうになかった——。

12

「では、ごゆっくりおやすみくださいませ。あまり夜更かしなさいませんように」

寝室に入った姫君たちに、サイラスが言い聞かせるように声をかけている。

はーい、ときれいにそろった調子のいい返事は、まったく聞く気はなさそうだったが。

離宮まで二人の姫君を送り届けるのに付き合ったトリスタンは、思わずクスクスと笑ってしまった。

他人事《ひとごと》とはいえ、やはり年若い王女付きの警護は大変だ。物理的な身辺警護以外の、気を遣う役目が多すぎる。

「では、あとはよろしく」

ちらっとこちらをにらんでから、サイラスが寝室で控えていたヒルダに声をかけると、かしこまりました、と例によって厳しい面持ちで深く一礼する。

お目付役、と公女は言っていたが、実際、彼女の方がずっと厳格で怖そうだ。

「お疲れ様」

なかば同情の眼差《まなざ》しで言うと、サイラスが肩をすくめた。

「あれでも昔と比べると、ずいぶん落ちついてきたんだけどね」

「まあ、アリシア王女も結婚話が出ておかしくない年だから」

「まだ先じゃないかなあ……」

そんなことを言いながらも、実際、嫁に行くとなったら、ちょっと淋《さび》しいのではないかという気もする。

そんな何気ない話をしながら、二階の一番端に用意されたサイラスの、今夜の部屋の前で立ち止まった。

「サイラスも今日は早めに休むといいよ」

「そうする。トリスはこれからまた巡回？」

「舞踏会はまだこれからが本番だしね」

「がんばって」

「おやすみ」

軽い挨拶を交わしながら、おたがいに視線だけでうなずく。

サイラスが中へ入るのを見送って、トリスタンもゆっくりと階段を下り、正面の扉から外へ出た。

が、しばらく行ってから、あたりの気配を探り、夜陰に紛れて再び離宮へともどる。

今宵《こよい》は王宮で、ラトミアの客人たちの送別晩餐会《ばんさんかい》、そして大舞踏会が盛大に開かれていた。賑《にぎ》やかな調べが風に乗って、ここまでかすかに聞こえている。

すでに真夜中は過ぎていたが、宴《うたげ》はこれからが本番だ。カレル公子やイーライは、広間で華やかなダンスを繰り広げている頃だろう。ご婦人方も最後だと思えば、なかなか離してくれないはずだ。

しかしまだ若い姫君たちは一足早く退出し、予定通り、今夜はこちらの離宮に泊まることになっていた。

王女付きの護衛官であるサイラスも一緒に。

命の危険があるサイラスを、敵地のど真ん中に泊めるわけだ。

——もちろん、罠《わな》だった。

いつ襲ってくるかわからない相手を待つよりも、迎え撃った方が安全だし効率がいい。サイラスとも話して決行を決め、昨日、アリシア王女を誘導する形で、今夜は離宮へ泊まることにした。サイラスが自然な形で、離宮に泊まれるように、だ。

現在、離宮の仕事を手伝っている侍従や侍女たちのほとんどは、スペンサーで働いている者たちだ。侍女長に使用人たちが使う裏口をこっそりと開けさせ、サイラスの泊まる部屋にあらかじめ、身を潜めておくことは難しくない。

護衛官たち全員が舞踏会から姿を消すのはさすがに気づかれそうで、サイラスとトリスタンは王女たちとともに先に退出し、ブルーノとフェイスが時間差でそれぞれ、合流することになっていた。

こっそりと離宮の中へ入りこんだトリスタンは、他の使用人たちに見つからないように素早く二階へ上がる。

案の定、姫君たちのはしゃぐ声と、「もうおやすみになるお時間ですよ」とピシャリと叱《しか》りつけるヒルダの声が、扉越しに聞こえてきた。

忍び足で、急いでサイラスの泊まる部屋の隣へすべりこむ。隣室とはつながっていて、奥のドアをあらかじめ打ち合わせしていた、二、三、二の回数でノックすると、カチッと鍵が外れて、そっとドアが開かれた。

サイラスが顔をのぞかせる。

声は出さず、体勢を低くしたまま、トリスタンは隣へ進入した。

部屋にはまだ蠟燭《ろうそく》の明かりが灯《とも》っており、万が一、外から影が見えてはまずい。

廊下側のドアは、鍵はかけていなかった。

特段の事情がなければ、通常、部屋の鍵はかけない。これは護衛官の習慣であり、内規でもある。警護する王族に何か異変があった場合、すぐに飛び出せるように、だ。

客室の一つだが、ベッドの他は暖炉、チェストが一つと、小さなテーブルにカウチソファが置かれているだけの簡素な部屋だ。そして大きめのガラス扉の向こうには、バルコニーがついている。

トリスタンは考えて、チェストの陰に身を潜めた。剣は外して、身体《からだ》の前に立てておく。

あまり得手ではないが、いざとなればいつでも使えるように。

それから小一時間ほどして、やはり同じように、続き部屋のドアがノックされ、フェイスが姿を見せる。

二人を見て安心させるように微笑《ほほえ》み、指だけで続き部屋の方で待機すると伝えてくる。

同じ二階だ。姫君たちに何かあると大変なので、そちら側に気を配ることになっていた。あとは、万が一、敵が廊下からではなく、続き部屋から入ってきた時の用心だ。

それからまもなくして忍びこんできたブルーノは、廊下側の扉の陰に立ったまま待ち受ける。

それを確認してから、サイラスが蠟燭を吹き消し、ベッドに入った。

とはいえ、もちろん眠れるはずもなく、剣も胸に抱いたままだろう。

そして、息詰まるような時間がどれだけ過ぎた頃だろうか。

月明かりだけの薄暗い部屋に、ギッ…、とほんのかすかに、ドアが軋《きし》む音が響いた。

ハッと、トリスタンは身を固くする。息を殺し、わずかに膝を伸ばして身体を持ち上げ、手にしていた剣をギュッと握り直した。

そのまま薄く、ゆっくりと、廊下側の扉が開いていく。

大柄な、黒い影が部屋に入りこんできた。

戸口でざっと室内を眺めてから、まっすぐに奥のベッドへ向かっていく。

そして寝ているサイラスをのぞきこむようにすると、懐からナイフを抜き出した。

白刃が月の光を弾《はじ》いて凶悪に光る。

男の腕が大きく振りかぶった、その時――。

「サイラス！」

トリスタンが大きく叫ぶ。

瞬間、サイラスが大きくシーツを撥《は》ねのけ、その勢いのまま、手にしていた剣で男の腿《もも》を力をこめて薙《な》ぎ払った。

鞘《さや》越しとはいえ、その威力は大きく、ぐぁっ！　と濁ったうめき声を上げて、男の身体が背後によろけた。

「――クソッ！　小僧がっ！」

それでも怒号とともにナイフを構え直した男の手が、次の瞬間、鋭く弾かれ、ナイフが宙を飛ぶ。

ブルーノだ。

と、同時に、肘で男の身体をたたき伏せ、テーブルの上に背中から上半身を押さえこんだ。

「そこまでだ」

息を乱すこともなく、冷ややかに告げる。

さすがに無駄のない、鮮やかな手並みだ。トリスタンではこうはいかない。

あっという間の捕獲だった。

結局、何もできなかったが、トリスタンはホッと息をつく。

「おいっ、離せッ！　離せと言ってるだろうっ！　――つっ…、あぁぁっ！　クソッ！」

男はなんとか逃れようとがむしゃらに暴れまわるが、ブルーノは無造作に男の片腕を後ろ手にひねり上げて、さらに強く拘束した。

痛みにたまらず、男が悲鳴を上げる。

その騒ぎは当然ながら館中に響き渡ったようで、一気にバタバタと廊下のあたりが騒がしくなった。

「何の騒ぎだ!?」

状況がわからず、使用人たちが廊下で遠巻きにする中、いらだたしげな声とともに部屋に入ってきたのは――カレル公子だ。

その後ろに、イーライが厳しい表情で続いていた。

右手に燭台《しょくだい》、そして左手には剣を提げている。剣呑《けんのん》な空気を感じたのだろう。

ブルーノがゆっくりと顔を上げて、その戸口を見る。

「これはおそろいで。お早いお帰りでしたね」

例によって、冷静で感情を交えない声だ。

確かにこの時間、主賓であればまだ歌に踊りにと盛り上がっている頃だろう。

「この機会に、サイラス・ピオニー卿と少し話をさせていただこうかと。……なるほど、王室護衛官の方々の姿がいつの間にか消えてしまっていたわけだ」

イーライが月明かりだけの薄暗い部屋の中を見まわして、それでもブルーノとサイラスとトリスタンは確認したらしい。そして、いろいろと悟ったのだろう。

「その男が……、彼の命を狙《ねら》ってきたわけか？」

ようやく状況を察したらしい公子が、低くうかがうように確認してくる。

大きく足を踏み入れて、イーライが持っていた燭台を男の顔に近づけた。

男はとっさに歪《ゆが》んだ顔を背けたが、見間違えようがない。

「トーマス⁉」

トリスタンは思わず、声を上げた。

「どうしてあなたが……？」

意味がわからない。自分を狙ってくるのであればまだしも、だ。

「ほう……、これは予想外だったな。客人たちの前でよくもスペンサーの恥をさらしてくれたものだ」

ブルーノが冷ややかに口にする。

冷静なだけに、背筋が冷えるほどに恐ろしい。

せる。

　顔を真っ赤にして叫び、トーマスが強引にブルーノの腕を振り払った。しかし取り囲まれた状態で逃げ出すこともできず、小狡《こずる》く隙《すき》を狙うようにあたりを見まわしながら、壁際へ身を寄せる。

「黙れっ！」

　それを眺めながら、トリスタンはいまだ呆然《ぼうぜん》としたままだった。

「なぜ彼が……？　まさか、トーマスが帝国のスパイだったということですか？」

　そのくらいしか、考えつかない。

「その可能性もある。あるいは、誰かに金で雇われたかだな。取り調べればわかるだろう。それで死罪を免れる理由が出てくるかは疑問だが」

　ブルーノのその言葉に、ビクッとトーマスが身体を震わせ、顔色を変えた。

「おい、トリスタン！　黙って見ているつもりか、おまえはっ！　俺はおまえの上官だぞ!?　俺を恥さらしだというつもりなら、ここで言ってやろうかっ？　おまえが俺とどういう関係なのか――」

　なんとか生き延びる道を探しているのだろう。破れかぶれに叫び出したトーマスに、ビクッと一瞬、身がすくむ。

　が、男がしゃべり終わる前に、空を切るように鋭く、イーライの腕が動いた。

　男の方へ一歩踏み出すと同時に、鞘をつけたままの剣で男の顎を張り飛ばす。さらに返す剣の先端で、男の鳩尾《みぞおち》を容赦なく突き上げた。

鞘をつけたままとはいえ、まともに食らって、トーマスが潰《つぶ》れた声とともに白目を剝《む》く。

そのままずるずると床へ崩れかけた男の身体を片腕で抱きとめ、イーライが低く、耳元で脅した。

「おまえはその汚い手で、触れてはならないものに触れた。おまえの首が明日までつながっていると思うな」

自国の公子の暗殺未遂だ。やはり怒りは大きいようだ。

もっともその声が、男の耳に届いていたかはわからない。

トーマスはそのまま床へ倒れ、気絶していた。

少し微妙な空気が流れたのは——おそらく、よけいなことをこの場でしゃべらせないように気を失わせたのではないか、という疑念が、何人かの頭をよぎったせいだろう。

だが、そうではない。

トリスタンにはわかった。

イーライはただ……、自分を守ってくれたのだ。トリスタンの名誉を。そして、心を。

「どういうことか、説明してもらおうか？」

公子がおもむろにブルーノを見て厳しく言った。

「それはこちらのセリフですね」

まっすぐにそれを見つめ返し、ブルーノが答える。

「まあとりあえず、一段落ついたようだから、少し落ち着いて話したらどうかな？　こんな狭苦しいところじゃなくてね。おたがいに説明することはあるだろう」

一瞬、緊張が張りつめたが、いつの間にか姿を見せていたフェイスが、やわらかな口調で割って入った。

使用人たちも多く集まっており、姫君たちの寝所も近い。さすがに繊細な話をするのにふさわしい場所ではないだろう。

その指摘、というか、提案は受け入れられ、一同は一階の広い応接室へ場所を移した。

「ああ、彼はとりあえずこのまま、ここに残しておいていいと思うよ。もう逃げられないだろうからね。あとで牢《ろう》へぶちこもう」

実際に死罪になるかどうかはともかく、トーマスをこのままにしておいていいのだろうか、とちょっと不安になったトリスタンに、フェイスがあっさりと何気ないように言った。

正直、大丈夫だろうか、とも思ったが、まあ、意識もないし、念のため縄で拘束もされていたので、確かに逃げるのは難しいだろう。

集まった広間にはいくつもの燭台に明かりが灯され、おたがいの顔がはっきりと見えるようになって、トリスタンも少しホッと息をつく。と同時に、別の緊張も襲ってくる。

スペンサー側は、ブルーノとフェイス、サイラス、そしてトリスタン。ラトミアの方は、カレル公子とイーライ。

その六人が、広い応接室で思い思いの場所に腰を下ろした。ただ、イーライは暖炉の脇の壁際に立ったまま、じっと室内全体を見渡している。

気を利かせてヒルダがお茶を運んできてくれたのを合図のように、ブルーノが口を開いた。

「どこから説明を始めましょうか?」

「……我々が、大公殿下の落とし子を捜しにきたことは察していたのだろう?」

一人掛けのソファに腰を下ろして足を組み、カレル公子がいくぶん憮然《ぶぜん》とした様子で問い返す。

「ええ。二十三年前、陛下が王太子時代に命を助けた子供ですね」

「なんと…、国王陛下が?」

さすがにそこまでの具体的な事実は知らなかったようで、カレル公子が大きく目を見張った。

かまわず、ブルーノは話を続けた。

「しかし本来、それであれば正式にお問い合わせいただければよかったはず。事情はいろいろとおありだろうから、それはいいでしょう。だがそのため、こちらもあなた方の狙いがわからなかった」

「狙い?」

公子が何気なく渡されたお茶のカップを受け取りながら、怪訝《けげん》そうに首をひねる。

「二十三年前、殺されかけたのですよ？　実際に母親は殺された。連れ帰るために捜しているのか、あらためて殺しに来たのか」

「大公殿下のお血筋を殺すなどと……！」

公子が憤慨したように叫ぶ。

「だから、あえてサイラスに形見の指輪をつけてもらった。するとあっという間に異変があった。疑うなというのが無理な話なのでは？」

淡々と事実を突きつけたブルーノに、公子が大きく息を呑《の》む。

「そのような危険な真似《まね》を……」

二人の会話を注意深く聞きながら、トリスタンも渡されたカップを無意識に横のテーブルにのせる。

「ええ、ですから、あえて――」

ブルーノがさらに話を続けようとした時、ずっと沈黙を守っていたイーライが、いきなり公子やブルーノの前を大股に横切った。いつものイーライらしくもなく、無礼な態度だ。

そして、次の瞬間――

するりと抜いた剣の切っ先が、ブルーノの隣の椅子にすわっていたサイラスの喉元にピタリ、と突きつけられる。

ティーカップを手にしたまま、サイラスは凍りついた。大きく目が見開かれている。

「カップを置け」

冷たい声。

「――イーライ！」

反射的にトリスタンは声を上げていた。

まさか。まさか、そんな。

一気に全身の血が引き、瞬《まばた》きもできないまま、男を見つめる。

「イーライ、おまえ……」

突然のことに、公子も顔を引きつらせてつぶやく。

サイラスが息を詰めたまま、ゆっくりと手にしていたカップを横のティーテーブルにおいた。

それを確認してスッ…と剣を引いたイーライが、そのまま今度は、サイラスの後ろに立っていた人間に、その刃先を向ける。

「その茶を、おまえが飲んでみろ、ヒルダ」

瞬間、いっせいに視線がその女に集まった。

驚いた表情で、無意識に一歩後ずさり、ヒルダが片手で口元を覆っている。

「そ、そんな……、どうして……?」

困惑したように視線を漂わせる。

「別に問題はあるまい？　おまえが運んできたのだ」

イーライは逆にじりっと近づき、サイラスのカップをもう片方の手でつかむと、剣を突きつけたまま、さらに詰め寄った。

「どうした？　飲めないのか？」

冷たい声で聞きながら、イーライがカップを強引に女の口元へ押し当てる。

「やめてっ！」

高い声を上げたヒルダが、乱暴にそのカップを振り払った。

イーライの手からカップが飛び、絨毯《じゅうたん》へ落ちて黒い染みを作っていく。

「まさか、毒か……？」

無意識に立ち上がっていた公子が、かすれた声でつぶやいた。

毒——？

顔を背けたまま、肩で荒い息をつく女から、ようやくイーライが剣を離す。

しかし口調は厳しいまま、追及を続けた。

「使節の中で誰かが関わっているのでは、という疑いはずっとあった。サイラスが今夜泊まることを知っている人間も限られる。二階の男を雇ったのはおまえだろう？　何度か襲撃させたな？　この分では今頃、二階であの男はすでに死んでいるかもしれんが」

取り調べを受ける前に口を封じる——ということだろうか。

「見てこようか」

と、フェイスがするりと席を立った。

しかしちらっと一瞬、その視線がブルーノと交わり、唇の端に小さく浮かんだ笑みに、トリスタンは思わず息を呑む。

――まさか。それを予想して、わざとトーマスを残した……？

さすがにちょっと、背筋が冷えた。

ラトミアの公子暗殺未遂の実行犯だ。正式な裁きになれば、罪状が広く知られることになる。雇われただけとはいえ、……いや、あっさりと金で兵士が転ぶこと自体、スペンサーとしても不名誉な話だ。裁きを待つまでもなく、死んでもらった方があとの処理が楽――、という判断があったのだろうか。

ブルーノがことさら「取り調べ」という言葉を使ったのは、口封じをうながすためだったのかもしれない。しかも「死罪」をちらつかせれば、トーマスは雇い主についてペラペラしゃべっただろう。

もしかすると、わざわざ一階に場所を変えたのもその隙を作るためだったとすれば、ブルーノとフェイスのあうんの呼吸に敬意――と、空恐ろしさを覚えてしまう。国王付きの護衛官ともなると、そのくらいの先読みと冷徹な判断が必要なのか……、と。

「なるほど。ビクター・トーマスは以前から護衛官にかなり不満を持っていたようだからな。金で釣るのも難しくなかっただろう。適当な人間を捜していたのなら、その女にとってはうってつけだったのかもしれない」

フェイスを見送ってから、ブルーノがなかば独り言のように口にする。

護衛官への不満というより、むしろトリスタンへの不満だったのだろう。その腹いせの気持ちが大きかったのかもしれない。

「ヒルダ、なぜおまえが……?」

しかし公子は、目の前の状況が信じられないように額を押さえる。

イーライがその公子をちらっと振り返った。

「ヒルダは以前、大公妃の侍女だったはず。大公妃殿下の指示だな? おそらく、二十三年前の襲撃も。嫉妬か…、大公殿下に、他にお子がいるのが許せなかったのか」

大公妃殿下。確かにきつい性格だ、とは言っていたが。

めまぐるしい話の展開に、トリスタンもなんとか必死についていく。

いや、他国の王室の、そんな立ち入った話を聞いていいのか、とむしろ心配になる。

「そして結局、ご自身が産んだ公子は亡くなられ、大公女お一人しか残らなかった。愛妾《あいしょう》の子に、みすみす次の大公の地位を渡すのが我慢できなかったということか」

ヒルダは唇を噛《か》んだまま、何も答えない。

「さすがにそれは許されないぞ！ たとえ、大公妃殿下といえどもっ」

公子が拳を握り、声を荒らげる。

「だが生憎《あいにく》だったな。サイラスを殺しても何の意味もない」

しかし静かに言い放ったイーライの言葉に、ハッとヒルダが顔を上げた。

「ど、どういう……？」

顔をゆがめ、困惑した表情を見せる。

「大公殿下の落とし子はサイラスではない」

淡々と口にしたイーライが、ゆっくりと振り返った。

どこかつらそうに、その眼差しがトリスタンをとらえる。

「君だ、トリスタン」

13

「そうだな？　ブルーノ・カーマイン卿」

軽く首をまわして確認したイーライに、ブルーノが少し意外そうに眉を寄せる。

「ほう、気づいていたのか」

そしてブルーノの視線が、まっすぐにトリスタンに向けられた。

「あの時、円卓の間で話したことはすべて真実だ。ただ君の話を、サイラスの話として語った。陛下は助けた幼子を、馬番だった君の父親に預けた。ただ指輪だけ、陛下がずっと保管しておられた。あれは見る者が見れば素性がわかる。うかつに身につけられるものではない。いずれ時がくれば、君に返されるおつもりだった」

そんな言葉を聞きながら、トリスタンはただ呆然と、ブルーノの顔を見つめ返すだけだった。

聞こえてはいたが、理解できない。追いつかない。

ラトミア大公の――庶子？　私が？

「そうなのか、イーライ!?　トリスタンが？」

驚いたように、カレル公子が声を上げる。確証がなかったせいか、どうやら公子には伝えていなかったようだ。

「だがよくわかったな、バンビレッド伯爵」

そして視線をもどして言ったブルーノに、イーライがわずかに天を仰いで小さく息をついた。

「トリスタンと最初に会った時、泥汚れを落としていて、うなじあたりの傷に気づいた。致命傷になりかねない場所で、かなり古いものだ。そして、ルバーブのジャム」

「ジャム？　おばさんがよく作ってるヤツ？」

サイラスが首をかしげる。

「ラトミアでは一般によく食べられているが、スペンサーではめずらしい。トリスタンの家では、わざわざ庭に植えてまで作っていた」

その言葉に、ああ…、と思い出したようにブルーノがうなずいた。

「君の父親が子供を預かった時、泣く子をなだめるために、母親が作っていたジャムの瓶《びん》を持ち帰ったと聞いた。君を育てた母親は、君に本当の母親のことを覚えていてほしかったのかもしれない。たとえ君が知らなくとも」

「お母さんが……」

トリスタンはかすれた声でつぶやいた。無意識に指先をぎゅっと握りしめる。

何も知らなかった。実の母の思いも、育ててくれた母の思いも。

「君と別れたあと、俺は村の教会へ行って洗礼式の記録を見た。普通は生まれた時にすることが多いが、君は二歳の時だった。——トリスタン・クリスティアン・グラナート。君はふだんミドルネームを名乗らないようだが、クリスティアンは君を生んだ母親がつけた名前だ。万が一の追っ手を恐れたのだろう。君の両親は君に新しい名前をつけたが、ミドルネームに生まれた時の名を残したのだろうな」

イーライが淡々と言葉を続ける。要領のいい、わかりやすい説明だったが、まともに思考がついていかない。

ただ、……そう、いつだったかイーライが図書室でスペンサーの歴史——二十三年前の戦争の記録を見ていたのは、王に随行した兵士の中に、父の名を確認していたのだろうか。

「トリスタンが公子だと確信していたから、サイラスがあの指輪を持っていたことに驚いた。スペンサーが偽物を送りこむつもりかとも疑った。あるいは、サイラス自身がトリスタンから盗んだものかと」

「なるほど……」

唇を撫《な》で、納得したようにブルーノが小さくうなずいた。

おたがいに疑心暗鬼になっていたということだ。実際に命を狙われたことで、さらに複雑になった。

初めからわかっていれば、確かにサイラスの行動は、イーライには怪しく見えただろう。

頭の中は真っ白で、ただ立ち尽くしていたトリスタンの肩を、サイラスがぽん、とたたいてくる。

「ごめん、トリス。あの会議の時、トリス以外、他の護衛官はみんな知ってたんだよ」

ぼんやりと向き直ると、サイラスが少し照れ笑いのような顔で言った。

「えっ？」

トリスタンは大きく目を見張った。

ブルーノだけでなく、護衛官みんな？

「僕はその前から、ブルーノに言われて公子のふりをしてたんだけどね。ラトミアの真意がわからなかったから、誘い出すために」

「じゃ、サイラスは私の代わりに命を狙われたってことっ？」

一瞬、背筋が冷たくなり、トリスタンは思わずサイラスの肩をつかんでしまう。

「大丈夫。問題ないよ。来るとわかっていれば、用心できるから」

軽く手を振って、あっさりとサイラスが笑い飛ばす。

「ま、大階段から落ちたのは危なかったけど、でも図書室でのこともあったからね。フェイスとか他のみんなも、いつも誰かまわりで警戒してくれてたんだよ」

だからフェイスがあれだけタイミングよく、サイラスを助けられたのか、とようやく気づく。

「どうして話してくれなかったんだっ⁉」

それでも、トリスタンは思わず詰め寄っていた。

「状況がわからないうちは、トリスに本当のことを告げるのもどうか、ってブルーノたちと話してて。結局、知らないままに終わる可能性だってあったし。それにまさか、スペンサーでラトミアの公子を暗殺させるわけにもいかないだろ？　でも僕が身代わりに、っていうと、トリスは絶対納得しないだろうしね」

まったくその通りなだけに、トリスタンは口を開いたものの、反論の言葉が出なかった。

でもそれはありえない、と思う。あってはならない。そんな、自分の代わりにサイラスの命が危うかったなどと。

「これ、返すね」

サイラスが中指にはめていた指輪をそっと引き抜くと、トリスタンの手に握らせる。

「この指輪は多分、トリスを産んだお母さんが大公から賜ったものじゃないかな」

自分が、ラトミア大公の息子であるという証《あかし》――。

トリスタンは手の中の指輪をじっと見つめた。

やはり混乱する。どうしてそうなるのかがわからない。

それでも事実関係は理解できた。サイラスのこととして、事前に全体を把握していたからだろう。

そして自分がサイラスにかけた言葉も、すべて自分にもどってくる。

「トリスのご両親も、トリスのことは本当の息子だと思ってるよ」

微笑んで言ったサイラスに、トリスタンはうなずくことしかできなかった。じわり、とまぶ
たが熱くなる。

そこへ、二階のトーマスの様子を見に行っていたフェイスがもどってきた。

「死んでたね。やはり毒殺らしい。なかなか仕事が早いな」

内容的には恐ろしいことを、さらりと感心したように言う。

ちらっとブルーノと視線を交わしたところを見ると、やはり、という気がした。

「彼女の身柄はこちらで引き取ってかまわないか？　本国へ連行したい」

ブルーノを見て確認したイーライに、「結構だ」とブルーノが短く返す。

トーマスが死んだ今、いずれにしても、スペンサーとは直接関係のない話になる。

イーライが配下の男に指示して、ヒルダを縛り上げ、部屋の外へ連れ出した。

いったん緊張が解け、部屋の中に安堵《あんど》とともにとまどいの空気が流れる。

カレル公子などは、ハァ…、と大きな息を吐き出して、どさっとソファに腰を落とした。

混乱もしているだろうし、情報の整理が必要なのだろう。

トリスタン自身、この先、どうしたらいいのかわからない。

何がどうなるのか。何が変わっていくのか。

自分には見えない足元で、何かがどんどんと動いているようだった。

「トリスタン」

――と。

スッとイーライが向き直る。

「いや…、失礼。トリスタン・クリスティアン・グラナート様」

静かな、そしてわずかに緊張をはらんだ表情で言った。

初めてそんなふうに呼ばれ、トリスタンはとまどってしまう。

そしていきなり、流れるような動作でトリスタンの前に膝をつき、深く頭を下げた。

最上級の社交儀礼だ。王族に対するような。

「ラトミア大公より、あなたを国にお迎えしたいとのお言葉をお預かりしております。正式な、後継者として」

感情を消した表情。淡々と事務的な口調だった。

その上意を運ぶための使者――、という責務を果たそうとするように。

「一緒に国へお帰りいただけますか？」

わっ、とサイラスが一瞬、声を上げたが、あわてて自分で口を塞《ふさ》ぐ。

固唾《かたず》を呑むように、すべての視線がトリスタンに集まっている。

イーライはその言葉を伝えるために、スペンサーに来たのだ。

それが目的だった。それは、わかる。

もしもサイラスがラトミアへ行ったら、とトリスタン自身、何度も考えた。

――しかし、自分に置き換えることは難しかった。

「そんな……、私などが……」

無意識に首を振る。

どうすればいいのかわからず、助けを求めるようにブルーノの顔を見る。

まっすぐに見つめ返してきたブルーノが、いつもと同じ静かな口調で言った。

「君の意志だ。君が決めればいい。どんな決断であろうと、王室護衛隊は君の意志を尊重する。

……ただ個人的には、君が護衛隊を抜けると大きな痛手になるが」

「そんなことは……」

それは、社交辞令だ。

そしてハッと気づいた。

「あの、もしかして私が…、王室護衛官に選ばれたのは、私がラトミア公家の血を引いているからですか？」

ブルーノであれば、その事実をずっと以前から知っていたとしても不思議ではない。

だとすれば、なぜ自分が選ばれたのかも納得はできた。

……つまり、自分の実力や功績でなかったことがはっきりする。

「いや」

しかしブルーノの答えはあっさりと短く、端的なものだった。

「ラトミアとの関係を考慮していれば、むしろ君は外しただろう。王室護衛官の仕事はスペンサーの内政に関わることだ。あえて他国につながる人間は選ばない。君が選ばれたのは、ただ君に必要な能力があったからだ」

「え……?」

トリスタンは呆然とブルーノを見つめ返した。

「トリスタン、これだけは言っておく。君の代わりができる人間は、少なくとも今の王宮にはいない。君は与えられた仕事を誰よりも正確に仕上げる。その仕事の先にあるものを見て、それに備えることもできる。君ほど細部に注意を払える人間はいないし、なにより相手の立場になって考えることができる。その想像力がある。そこから次に自分が何をすべきかもわかっている。君にはたやすいことかもしれないが、誰にでもできることではない。マチルダ王女は君を高く買っているよ。君に任せた仕事は完成度が高いと。十のことを頼むと、十二の結果がきれいにそろって差し出されるとおっしゃっていた。手放したくはないだろう」

感情を交えないだけに、その言葉の重みがじわりと伝わってくる。

そんなふうに言ってもらえるほどのことはしていない、と思う。それでも、一つ一つ、自分の積み上げてきたものが誰かの目にとまっていたことが意外で、うれしかった。

「トリスタン」

フェイスがやわらかい笑顔で口を開いた。

「君は誰に認められなくても、報われなくても、いつも必死に立ち上がった。君自身ではなく、他の誰かのためにね。剣が不得手なことや、先の戦争で従軍していないことをとても負い目に感じているようだけど、私は君がどれだけ多くの命を救ってきたかを知っている。そのために、君がどれだけ大きな犠牲を払ったのかも」

その言葉に、トリスタンは思わず息を呑んだ。

――まさか、知っている……？

護衛隊の仲間にだけは知られたくないと思っていた。知られたら、とてもその場にいられないと――いる資格などないと思っていた。

他に方法がなかったとはいえ、身体を使って自分の考えを無理やり通すような――卑怯《ひきょう》なやり方だった。

だがフェイスは初めから、知っていたのだろうか。

「王室護衛隊発足の時、ブルーノと私に人選が任された。私はまず、君の名前を挙げた。ここでなら誰にも邪魔されず、君は自分の力を、自分の裁量でいかすことができる。君の正確に状況を把握する能力や、情報の分析力は得がたいものだよ。これからの護衛隊に必要な力だ。なにより、君がいなくなると私も淋しい。ただ、ラトミアという一国を任されたとしても、君は十分にうまくやっていけると思う。心配はしていない。だから、君自身がいたい場所を決めればいい」

いたい、場所——。

その言葉が大きく胸に響いた。

ギュッと、手の中の小さな指輪を握りしめる。

「トリス、どこにいても助けに行くから。大丈夫」

サイラスがちょっと泣きそうな、大きな笑顔で、ぐっと親指を立てる。

まぶたが熱くなった。

胸が、何か温かいものでいっぱいに膨《ふく》れ上がり、溢《あふ》れ出しそうになる。

スペンサーの王室護衛隊——が、自分がいていい場所かどうかはわからない。

でも、自分がずっといたい場所だということに、迷いはなかった。

ここに、自分の居場所を作りたかった。

しっかりと、自分の手で。

「……イーライ」

ようやく、トリスタンは震える声を絞り出した。

「これを、大公殿下にお返しください」

握っていた指輪を、そっとイーライの手の上に落とす。

「大公殿下のお気持ちは、大変うれしく受け止めました。ラトミアは……、友好国で、私にとっても大切な国です。けれど、祖国ではない」

「トリスタン……」

わずかに目を見張り、イーライが息を呑んだ。

「許される限り、私はスペンサーの王室護衛官として生きていきたいのです」

自分で口にして、ああ…、と身体いっぱいに新しい空気が入ってきたようだった。

呼吸が楽になる。

そうだ。自分のいたい場所。やりたいこと。そして、命をかけられる仲間——。

それで、失うものもたくさんあるのかもしれないけれど。

わずかな胸の痛みとともに、トリスタンは目の前の男の顔を眺める。

スペンサーに残れば、もう二度と会うことはないのかもしれない。

一緒に行けば、この先もずっとそばにいられることはわかっていたけれど。

「……それで、いいのか？」

かすれた声でイーライが尋ねてくる。

「ええ。もし私に一つだけ、希望を口にすることをお許しいただけるなら……、次の大公には
カレル公子をと、大公殿下にお伝えください」

「トリスタン⁉」

足をもつらせる勢いで立ち上がり、カレル公子が驚いた声を上げる。

かまわず、トリスタンは続けた。

「私などよりもラトミアを愛しておられます。新しいことをたくさん吸収しておられますし、きっと国を発展させてくださるでしょう」

「待て、トリスタンっ。そのように性急に返事をする必要はないのだっ。もう少しよく考えてから——」

なぜか公子の方があせったように口走って、少しおかしくなる。

心は晴れやかだった——。

14

翌日――。

何事もなかったかのように、ラトミアの使節たちの帰国準備は進んでいた。

事実、スペンサーとしては何か特別なことが起きたわけでもない。

……そう、ビクター・トーマス少佐が昨夜、何か突発性の病で急死した以外は。

後味のよい結果ではないが、トリスタンとしては少し、ホッとした――と、言わなければ嘘《うそ》になる。

帰国を翌日に控え、この日は国王陛下へ最後の挨拶に赴いたり、交友を深めた貴族たちに別れを告げたりと、公子たちもいろいろいそがしいようだったが、この夜、トリスタンはイーライと二人で最後の酒を酌み交わしていた。

離宮の彼の部屋で、広めのバルコニーの手すりにもたれて。

目の前には闇の中に明かりの灯る王宮の姿が壮大に広がり、初夏の夜風が黒い影だけの木々の間をざわざわと吹き抜けている。

最後だな、と思うと、少し感傷的になるが、……きっと、いい思い出にできる。

あの時、抱いてもらえてよかった、と思った。

これから少しだけ、楽に生きられそうな気がした。

この先――また誰かを好きになることがあるかわからないけれど。その時にはきっと、イーライのことを思い出してしまうのだろうけど。

軍に入って以来、男ばかりの環境になって、自分で処理したり、仲間内で慰め合うようなことは普通に見かけたが、トリスタンは誰か特定の相手を作ることもなかった。

強いていえば、遠く見かけるだけのフェイスに、淡い恋心を抱いていたくらいだろうか。

誰もが命がけで、明日をもわからない切迫したあの状況の中、自分の身体一つで誰かを救えたのなら、後悔はなかった。

けれどそれからは、まともな恋愛もできなくて、……やり方もわからないままで。

何も知らずに生きていくのだと思っていた。あきらめて、いたのだ。

だから――よかったと思う。

イーライにはたくさんのことを教えてもらった。

甘い思いも、切ない思いも、苦しい思いも。胸の痛みも。ドキドキする気持ちも。

誰かと肌を合わせる幸せも。

「はじめから公子を捜しにきたと告げていれば、話は簡単だったのかもしれないな……」

トリスタンが手すりに置いていた空のグラスにワインを注ぎながら、小さなため息とともにイーライが言った。

「そうできない状況だったのでしょう？　どちらにしても、命は狙われていたでしょうし」

その時は、自分が狙われていたはずだ。知らなかったからこそ、暢気《のんき》に世話係やレクチャーもできたのだ。

それにしても、他の護衛官はすべてを知っていてあの時の会議を繰り広げていたのだとすると、みんな役者だな、と感心してしまう。

いったいいつから――さりげなくサイラスの身を守っていたのであれば、あの図書室で怪我《けが》をしたあとくらいからだろうか。

「君じゃなければいいと、ずっと思っていた」

コツン、とワインの瓶を手すりに置いて、ポツリとイーライがつぶやいた。

「なぜですか？」

トリスタンはちょっと首をかしげる。

そんなに大公としての適性がないと思っていたのだろうか、と、やはり少しがっかりする。

まあ、最初の出会いがあの子猫の時だから、それも無理はないのかもしれない。

イーライが冷たい石の手すりに肘をつき、上目遣いにトリスタンを見上げた。

「君がラトミアの大公になると、私にとって君は仕えるべき主君になる。敬愛はできても、下心を持つことは許されないだろうからな」

……下心？

どこかイタズラっぽい笑みを浮かべて言ったイーライに、トリスタンはちょっと瞬きした。

何気なく視線を外し、グラスを手にとる。

「いけませんよ。誰彼なく、そんな思わせぶりなことを言っては。エレオノーラ大公女とご婚約間近なのでしょう？」

一口飲んで、静かに微笑むようにいさめた。

考えてみれば、そう、妹になるのだ。

その夫に、と思うと、やはり複雑な気持ちになる。

「婚約？　誰がそんなことを？」

が、ふっと顔を上げて、イーライが眉を寄せた。

「違うのですか？」

「それはないな。生まれた時から知っていて、彼女は妹みたいなものだし…、もし婚約が決まっているのなら、今まで発表をためらう理由などないよ。帝国を牽制《けんせい》する意味でもね」

「ああ……」

確かに、そうだ。

では――？

想像すると、ちょっとドキドキする。けれど、あまり先走りたくはない。

「でも、大公の庶子だとわかっていて私と……、その、一晩付き合ってくれたのでしょう？」

自分で言うのは恥ずかしくて、ちょっと視線を外して尋ねた。

「あれは……、君が他の男と寝ると脅すから。あきらめないといけないと、自分に言い聞かせていたんだがな」

大きなため息をついてみせたイーライが、ちらっと意味ありげにトリスタンを横目に見る。

「別に脅したつもりは……」

なかったけれど。

少しばかり後ろめたく、トリスタンは言葉を濁した。

確かに、つけいったところはあったかもしれない。でも、そんな脅しが通用すると思っていたわけではないのだ。

ただ、イーライは優しいから。

本能的に、それを知っていたのかもしれない。

「本当に……、考え直すつもりはないか？」

イーライがあらためて聞いてくる。

「次のラトミア大公だぞ？　帝王学も今から学べばいい。君なら造作もないことだろう」

「私に大公など務まりませんよ。……誰かに言わせると、よく判断を間違えるようなので」

小さく笑って、少し皮肉な口調で返す。

それに——。

生まれながらに割り振られた「公子」という身分よりも、自分の力で手に入れた「王室護衛官」でいたかった。

「君のいたい場所は、俺の腕の中ではないわけだな……」

いかにもがっかりした様子で、イーライが手すりに背中を預け、大きく天を仰いでみせる。

トリスタンはくすっと笑った。

イーライの身分と地位、そしてこれまでの恋愛遍歴からしても、振られるのは慣れていないのかもしれない。

「ええ。あなたとはお別れになりますが」

「俺が好きか?」

顔だけでこちらを向いて、イーライがまっすぐに尋ねた。

トリスタンは二、三度、瞬きする。そして、そっと目を伏せた。

「ええ。……でも」

「忘れられる?」

自信家だ。

「忘れますよ」

答えながら、少し、鼻にツンとしたものが走る。

だが大公女でなくとも、国に帰ればいずれ妻を娶《めと》ることになるだろう。

「いや、忘れられないな。――忘れさせない」

「え？」

きっぱりと言った男の言葉に、トリスタンはちょっととまどう。

「おいで」

イーライが強くトリスタンの手をつかんだ。グラスを置きっぱなしにそのまま部屋に入り、寝室へと連れこむ。

「イーライ……、ダメですよ」

トリスタンは弱々しくあらがった。

求められると……、やっぱりうれしくて。決心が鈍りそうになる。

「どうして？」

「どうして!?」

まともに聞き返され、思わずカッとなった。

「わかりませんか？　明日には行ってしまうのに、つらくなるでしょうっ」

「だが自分の気持ちに嘘はつきたくないな」

人の気も知らず、イーライが気安く言う。

「君を抱きたい」

身勝手な男だと思うのに。

てらいのない言葉に、身体が…、心が、震えてしまう。

ギュッと無意識に指先が胸のあたりをつかむ。

その手に大きな手を重ね、大きな腕がいっぱいに、優しくトリスタンの身体を抱きしめた。

「愛してるよ、トリスタン」

唇をこめかみに押し当て、耳元でそっとささやく。

「……ひどい」

男の胸に深く顔を埋《うず》めたまま、トリスタンは小さくうめいた。

いなくなってしまうくせに。

今になって言わないでほしい。

「もどってくるよ」

――嘘つき。

この男には母国で役目がある。今の自分がスペンサーに尽くすのと同じように。

イーライが両手でトリスタンの顔をそっと持ち上げた。

目の前にある男の顔が涙にゆがんで見える。

「トリスタン」

濡《ぬ》れた頬に、男が自分の頬をこすり合わせてくる。少し塩辛いキスが何度も与えられる。

「君を愛しているよ。忘れないで」

やわらかな声が肌に沁《し》みこみ、身体の奥深いところにそっと沈んでくる。

そのまま抱き上げられた身体がベッドに落とされ、この前よりもずっと優しく、丁寧に服が脱がされた。

それがひどく恥ずかしい。

頬が撫でられ、額が撫でられ、前髪が掻《か》き上げられて、一つ一つ印をつけるように、熱い唇が触れていく。喉元をすべり落ちた唇は胸をすべり、小さな乳首がたっぷりと唾液を絡めてついばまれた。

「あぁ……っ」

はぜるようにビクッと反《そ》らした胸を、男の指が執拗《しつよう》にもてあそび始める。

「君はここをいじられるのが好きみたいだな」

吐息で笑いながらこそっと耳元でささやかれ、トリスタンは真っ赤になった。

「言わ……ないで……っ」

反射的に、両腕で顔を隠してしまう。

そんなことは、今まで知らなかった。この男に触れられてからだ。

身悶《みもだ》えするトリスタンの姿を堪能《たんのう》してから、男はさらに下肢へと指を伸ばしていった。

少しざらついた男の手が伝う感触に、肌がざわざわする。

膝から内腿、そして足の付け根まで丹念に愛撫《あいぶ》され、徐々に中心へ近づいてくる気配はあるのに、なかなか触れてくれなくて。時折、偶然のように当たる指がじれったくて。

トリスタンは自分でも知らないうちに、ねだるみたいに腰を揺らせてしまう。

「可愛《かわい》いな……」

楽しげな、つぶやくような声が男の口からこぼれ、指の背でそっと、硬く反り返ったモノがなぞられる。

ハッとようやく、トリスタンは自分の浅ましい姿に気づいた。

まだ触れられてもいないのに自分のモノは早くも頭をもたげ、先端からはとろとろと先走りをこぼしている。

男の指がトリスタンの滴らせた蜜をすくいとり、そのままこすりつけるようにして握りこんだ。大きな手の中で強弱をつけて巧みにしごき上げられ、あっという間に渦を巻くような快感に呑みこまれる。

気がつくと、濡れたやわらかな感触に全体が包みこまれ、さらにきつくしゃぶり上げられて、トリスタンはとっさに男の髪をつかんだ。

「あぁっ、あぁっ、いや……っ」

ガクガクと腰を揺すりながら、無意識に男の顔を押しつけてしまう。

「ん…？　嫌なのか？　そんな意地悪を言わないでほしいな」

深い息をつき、いったん顔を上げたイーライが喉で笑う。

「君のココは、俺に可愛がってほしそうだが？」

手慰みのように先端が指の腹で揉《も》まれ、いやらしく溢れ出した蜜が男の手を汚していく。

どっちが意地悪だっ、と内心でうめき、涙目でにらみながらも、再び舌で丹念に愛撫されて、あっけなくイカされてしまった。

「あぁ……」

ぐったりと力の抜けたトリスタンの足が容赦なく押し広げられ、わずかに腰が浮かされて、男の舌はさらに奥まで入りこんでくる。

先日の夜にされたことが、一気に頭によみがえった。

そんなところをなめられただけでイってしまうなんて、思い出しただけで顔から火が出そうなのに。

「だ…だめっ…！　それはだめ……っ！」

「おっと」

とっさに蹴り飛ばす勢いで突き出した足を危うくよけ、その足首をつかんだイーライは、そのままトリスタンの身体を大きくひっくり返した。

「なっ……、え…っ？　――あぁ…っ！」

状況もわからないまま、トリスタンはベッドへうつ伏せになり、とっさに枕にしがみつく。

「なるほど。このキレイな足には用心しないといけないようだ」

背中でくすくすと笑う男の声がした。

ほとんどほどけかけていた髪紐《ひも》がするりと解かれ、髪が肩に大きく広がる。それをかき分けるようにして、男がうなじにキスを落とす。

「あ……」

その感触に目を閉じ、トリスタンはそっと息を吐いた。

顔が見えないことに少しホッとする。恥ずかしさが少しは減る気がして。

男の唇が、軽く濡れた音を立てながら背筋に沿って落ちてくる。

そして腰のてっぺんまで行き着いた時、あっ、とようやく気づいた。

がっちりと腰を押さえこまれ、この体勢では逃れようがない。

それでも反射的に腰を引いたトリスタンにかまわず、男の手が深い谷間を押し開き、恥ずかしい場所が容赦なく男の目にさらされる。

軽く息を吹きかけられ、トリスタンは泣きそうになった。

「イーライ…っ、だめ……そこは……」

「ダメだ。よく濡らしておかないと君を傷つける」

必死に言ったが、あっさりと却下され、ねっとりと温かい感触が襞《ひだ》に触れてきた。

硬い窄《すぼ》まりにたっぷりと唾液が送りこまれ、舌先でくすぐるようになめ上げられて、トリスタンのそこはあっという間にやわらかくとろけ始める。それればかりか、ヒクヒクと痙攣《けいれん》するように収縮し、物欲しげに男の舌に絡みついてくわえこもうとする。

「だめ、だめ…っ、そんな……」

はっきりとそれがわかって、トリスタンは恥ずかしさに涙が溢れた。

男の舌が触れるたび、トリスタンの前は再び頭をもたげ、隠しようのない快感を教えている。

ポタポタと先端からは蜜が滴り落ち、それが茎を伝う感触にも感じてしまう。

それに気づいた男の手がトリスタンの前にまわり、愛撫をねだるように震えるモノを優しく手の中でこすり始めた。

「あぁぁぁっ！　――いい……っ、あっ、あぁっ…、そんな……っ」

どろどろに溶けきった襞の奥まで男が舌を伸ばし、潤んだ中まで味わう。

頭の芯が溶け落ちそうだった。

あらがいようもなく、あっという間にトリスタンは絶頂へ追い上げられた。

「気持ちよかったか？　……ん？　ほら、大丈夫だから」

低く笑いながら、イーライが泣きじゃくるトリスタンを腕の中に抱き寄せた。

宥《なだ》めるようにうなじに、背中にキスを繰り返す。優しくトリスタンの肌を撫で下ろしながら、濡れそぼったトリスタンの前が手の中に優しく収められる。

そしてとろけた襞をかき分けるように、男のもう片方の指が中へ入ってきた。痛みはなく、なかば放心した状態で、しばらくは気づかなかったくらいだ。

「あっ…、ん……」

優しい愛撫に、無意識に身を委ねていたトリスタンだったが、やがて指は二本に増え、中を大きく掻きまわし始める。

何度も出し入れし、内壁をきつくこすり上げ、そして指先でわずかに硬くしこった部分を見つけ出すと、突き上げるようにして反応を見た。

「ひぁ……っ！」

瞬間、腰の奥から、ズン、と重い痺《しび》れが全身を駆け抜ける。

指先で引っ掻くように、立て続けにそこを攻め立て、さらにもう片方の指はピンと尖《とが》った乳首をきつくひねり上げる。

「あぁっ、あぁっ、あぁぁ……っ！」

思考はぶっつりと途切れ、ただ快感の波に溺《おぼ》れるように、トリスタンは無意識に男の腕に爪を立てて身体をよじった。

「ああ…、ココだな」

熱い吐息のような、確信めいた声が耳元に落ち、後ろに入った指はさらに丸くこするようにそこを刺激する。

どうしようもなく、トリスタンはただ激しく腰を振り立てた。

苦しいくらいの快感に、息が詰まりそうだ。

「もう……っ、もう……っ、ひ……あぁぁ……っ」

おかしくなる——。

あまりの快感に目はうつろで、飲みこみきれない唾液が唇の端から溢れ出し、枕を汚してしまう。

そんな淫《みだ》らにのたうつ身体を、男の目が熱く見つめていた。

「たまらないな……」

ため息のようなつぶやきがこぼれ、ようやく手が離される。

背中から首筋にキスが落とされ、耳たぶが甘噛みされる。

そして腰がわずかに持ち上げられると、とろけきった襞に何か硬いモノが押し当てられた。

「トリスタン、入れていいか？」

かすれた声で聞きながら、わずかに濡れた先端がやわらかな襞にこすりつけられる。

「あ……」

さすがにそれが何かわからないはずもない。

「いい？」

急《せ》くように重ねて聞かれ、トリスタンは涙目で肩越しに振り返り、何度もうなずく。

そんなこと、聞かなくていいのに。

ギュッと指先がシーツに爪を立てる。

「はや…く……っ！」

中途半端に放り出されたままで、腰の奥が疼《うず》いて疼いてたまらなかった。

早くいっぱいにしてほしい。思いきりこすり上げてほしい――。

そんな欲求でたまらなくなる。

熱い塊が中へ入ってきた瞬間、すさまじい快感に呑みこまれ、頭の中が真っ白になった。

自分がどんな声を上げたのかもわからない。

「すごい……、いい……っ」

低く、絞り出すような男の声が背中に落ちる。

そのまま腰がつかまれ、激しく突き上げられて、こらえる余裕もないまま、トリスタンはまた達していた。

ほとんど同時に、中が熱いもので濡らされたのがわかったが、男のモノはまだ硬く、力をたもっている。

「……すまない。収まりそうにない」

荒い息づかいのまま、かすれた声でつぶやくように言ったイーライが、いきなりトリスタンの背中を抱え上げ、自分の膝に抱き上げた。男のモノはまだ中に入ったままに。

「なっ……、あっ、あぁっ！　……ふ…ぁ…、あぁぁ……っ！」

ぐるりと視界が回転したようで、一瞬、どうなったのかわからなくなる。

しかし背中から男の膝にすわらされ、両膝がつかまれて、そのまま下から揺すり上げられた。

「あぁっ、ふか……っ」

感じたことがないような奥まで男のモノが届き、トリスタンは身体を大きくのけぞらせる。

そのままさらに何度も突き上げられ、また放ってしまう。

もう何度目なのかもわからなかった。

「顔を見せて」

体力がつき、ぐったりとシーツに落ちた身体が抱き起こされて、正面を向けられたが、もう抵抗する気力もない。

「大丈夫か？　トリスタン」

手のひらで頬を撫で、優しく聞きながらも、いったん抜かれた男のモノは早くも硬く、張りを持ち始めている。

「あと一回…、許してくれ」

少し困ったようにねだる声がぼんやりと届き、今度は前から深く男が入りこんでくる。

もう何も考えられないまま、トリスタンは無意識に男の首に腕をまわし、ただ与えられる快感に酔いしれた。

いったいどれだけ貪《むさぼ》られたのか、何度達したのかもわからない。

いつの間にか、トリスタンは泣き疲れるように眠ってしまっていた。

目が覚めたのは、夜明け前だろうか。

しばらくぼんやりとしてしまって、背中からいっぱいに抱きしめている男の腕の温《ぬく》もりによ
うやく気づく。

小さく息をつき、ふっと窓の外に視線を向けた。

わずかに朝焼けに染まり始めた空の色に、別れの時が近づいているのがわかる。

朝帰りの姿を誰かに見られるわけにはいかない。

もう行かなければ、と思うのに、身体が動かない。

もう少し。もう少しだけ――、と未練がましく男の温もりに身を委ねてしまう。

つらくなるだけなのに。わかっているはずなのに。

知らず涙がにじみ、トリスタンはあわてて嗚咽《おえつ》のこぼれそうな口元を押さえる。

「トリスタン」

背中から優しい声が聞こえ、指先がそっと髪をかき分けてくる。

どうやら起きていたようだ。

肩越しに伸びてきた男の指が、見えていないはずなのにそっと涙を拭《ぬぐ》う。

「大丈夫。すぐにもどってくるから。君のところへ」

次はいつ会えるかわからない遠距離恋愛だ。

ただの慰めだとわかっていた。

「ええ……」

それでも、トリスタンは微笑んで小さくうなずいた。

きっと、夢を見るくらいはできるだろう――。

15

それからひと月が過ぎ、トリスタンの——王室護衛官たちの日常も、ふだんと同じ、慌ただしいものにもどっていた。

トリスタンの素性については、あらためて公式に周知されることもなく、——トリスタン自身もそれを望まず——、護衛隊の仲間内での認識にとどまっていた。

そして彼らのトリスタンを見る目や態度が変わることもなかった。

王室護衛隊の中では序列をつけない。出自や身分、年齢も関係ない。

ただスペンサーの国と王家に忠誠を尽くす。

そう、初めからそうだった。

トリスタンもこれまで通り、自分の仕事に没頭していた。あるいは、これまで以上に、かもしれない。

今、自分の手がけている仕事が、スペンサーの未来にとってどういう意味を持つのか。

それが、今まで以上にクリアに見えるような気がした。

心の中の迷いが消えたせいだろうか。

自分の手で、この国を変えていく。変えることができる。

その喜びと——責任を、体中で感じられた。

自分がここにいる意味はある。素直にそう思える。

イーライのことは、もちろん思い出した。ラトミアからは時折、公式な書類も届くし、使者も訪れる。承認式について、あらためて細かな問い合わせや確認もある。

アリシア王女とフロリーナ公女は頻繁に手紙のやりとりもしているようだが、イーライからはまだ一度もなかった。

それをどうこう言うつもりはない。自分も使節が帰ったあと、たまっていた仕事が一気に押し寄せていたし、イーライも留守にしていた間の仕事に忙殺されているのだろう。

ほんのひと月、滞在しただけの男なのに、いなくなると大事な何かをどこかに置き忘れたような、心許《こころもと》ない気持ちになる。それでも、早くイーライのいない時間に慣れなくては、と思う。

会えないことは淋しいけれど、おたがいにそれぞれ、新しい国を造るために力を尽くしているのだと思うと、今度会った時、自分の成果を誇れるようにしたかった。

それがいつになるのかはわからなかったけれど。

「ラトミアの大公妃が、どうやら公宮を追放されて田舎の離宮に幽閉されたみたいだね」

この日、トリスタンはファンレイに付き合って、新しく建設中の病院を視察に少し遠出をしていたのだが、執務室へ帰ってくるなり、こそっとフェイスにそんなことを耳打ちされた。

「大公妃が……、ですか？」

別に護衛官しかいない執務室でこっそり話す必要はないのだが、まあ、なんとなく、ということだろうか。

しかしラトミアでそんな大きな処分があったとすれば、公子暗殺未遂の罪を問われて、ということより他にない。

「表向きは病気静養ということで、内々の処理みたいだけどね」

おもしろそうな顔で言ったフェイスに、それはそうだろうな、とトリスタンもうなずく。

表沙汰にできる話でもない。

「でも…、政治的にはかなり混乱するのではないですか？　宰相や、ラトミアの主要な地位には、大公妃の一族の方がついていらしたのでは？」

ラトミアでは古い名門の家柄で、長く政治的な実権を握っていた一族だと聞いている。

「そうだね。でもカレル公子が先頭に立って、人事と行政の刷新を図っているらしいよ。大公が後継者をどうするかについてはまだ明言がないが、カレル公子は君に指名されたことで、かなり力が入っているようだな」

「それは……、よかったです」

にやりと意味ありげに言われ、わずかに目を見張ったトリスタンは、思わず微笑んだ。

「大公殿下が退位されるのはまだ先の話でしょうし、カレル公子が地盤を固めるにも十分な時間がありますから」

「うん。バンビレッド伯爵も奮闘しているとは思うけどね」

「えっ？」

さらりと付け足され、トリスタンは一瞬、返事に詰まる。

何食わぬ顔のフェイスが、わかっていて言っているのかどうかがわからない。

うかつに何か口走ると墓穴を掘りそうで、返事の代わりに、トリスタンはふとフェイスの顔をのぞきこんだ。

「けれど、ずいぶんと耳が早いですね？」

そんな他国の内情を。

「私もさっき聞いたところだけどね。——ああ、ほら」

フェイスが顔を上げて眺めた先を、トリスタンも振り返る。

と、執務室へ入ってきたブルーノがまっすぐにトリスタンの視線をとらえた。

「ああ…、帰ったのか、トリスタン。よかった。陛下がお呼びだ。一緒に来てくれ」

「えっ？　あっ、はい！」

あせって、背筋を伸ばすようにして返事をする。

が、——陛下？

一気に緊張した。

もちろん王室護衛官である以上、拝謁を賜る機会がないわけではない。が、国王付きというわけではないので、名指しで呼ばれるようなことはほとんどない。

「今、ラトミアからの使者が来ている。君に、ラトミアの侯爵位を授与したいということだ」

並んで歩きながらいきなりそんなことを言われ、さすがにトリスタンはあせった。

「え、侯爵位？　私にですか？」

「先日のラトミア使節への厚情に感謝して、ということだ」

ブルーノはさらりと言ったが、そんなことでいちいち爵位を与えていたらキリがない。そもそも、トリスタン一人が受けることでもない。

つまりどうやら、今まで何もできなかった父親として息子への精いっぱいの気持ち、ということのようだ。そう思うと無下にするのもためらわれるが、さすがにとまどってしまう。

別に大公に——父に対して、恨みや何かがあるわけでもないのだ。

「あの…、どうしたらいいんでしょう？」

さすがに予想外すぎて対処に困る。

「くれるというのなら、もらっておけばいい。別に邪魔になるものではない」

思わず口にしたトリスタンに、ブルーノは例によって特に感情もなくあっさりと言った。

が、そんなに簡単にほいほいと受け取れるものではない気がする。まあ、ブルーノにしてみれば、たいした問題ではないのかもしれないが。

「ええと、……では、少し考えさせていただきます」

とりあえず、トリスタンは保留することにした。

先に聞けてよかった、と思う。国王陛下の前でいきなりそんなことを言われたら、ただおろおろして返事に詰まっていただろう。

「君が同意すれば、授与式がラトミアで行われるだろう。君に会いたいという内意でもあると思うが」

淡々と続けられて、ああ…、と思わずつぶやく。

会いたくないわけではない。が、やはり少し、気持ちの整理は必要だった。

「はい。あの……、考えます」

しっかりともう一度、トリスタンはうなずいた。

と、いつの間にか、謁見室の前まで来ており、侍従が二人の姿を見て、うやうやしく重い扉を開いた。

真正面、広間の奥の玉座には男が一人、ゆったりと腰を下ろしているのがわかる。

勇猛な武人であり、卓越した為政者でもある、スペンサー国王、クリフォールだ。

いつ見ても、畏怖を覚える威厳ある姿だった。

トリスタンは思わず息を吸いこんだ。

緊張で、心臓がキリキリと痛くなる。赤い絨毯の上を、ただブルーノの背中を見つめるようにしてまっすぐに進む。

考えてみれば、自分はこの方に命を救われたのだ、と思うと、敬意と感謝しかない。この方がいなければ、今、こうして生きていなかった。

それを思えば、血のつながった父の国ではなく、この国に命を捧《ささ》げることに悔いはない。

帰還しておりました、と端的に報告したブルーノにうなずいて、王が静かに口を開いた。

「トリスタン・グラナート。大義だな」

まともに顔も上げられないまま、は、とトリスタンは息を詰めるようにしてようやく答える。

「ブルーノから話は聞いたか？」

短く問われ、トリスタンは必死に声を押し出した。

「は、はい。あの、大変光栄なお申し出ではございますが、少し考える時間をいただきたく思います」

本当に、先に話を聞いていてよかった、と今さらに冷や汗が出る。いきなりだと、陛下の前でどんな醜態をさらしていたかわからない。

「そうか。まあ、返事を急ぐ話でもあるまい。……どうだ？　バンビレッド伯爵」

ゆったりと答えた国王陛下の声。

それがしっかりと耳に届き、――しかし、ようやくそれに気づいたのは、数刻も遅れてからだった。

「はい。グラナート卿の心が決まってからで問題はないと」

そして覚えのある――穏やかな、張りのある声。

「――イーライ⁉」

ハッと顔を上げたトリスタンは、思わず高い声を張り上げていた。

――どうして？

驚きで、頭の中が真っ白になる。

「イーライ・バンビレッド伯爵は、このたびラトミアのスペンサー駐在大使に任命されたとのことだ」

トリスタンの場違いな叫び声も聞こえなかったように、ブルーノが淡々と説明する。

「引き続き、よろしくおつきあいを願いたい。トリスタン・グラナート卿」

玉座の斜め前。

呆然と口を開けてしまったトリスタンの目の前に、イーライがいたずらっ子みたいな眼差しで微笑んでいた――。

ラトミアのスペンサー駐在大使。

どうやら帰国する前には、すでに考えていたようだ。確かに、おたがいの国に大使を派遣しようという話も進んでいたところではあったけれど。

……もちろん、うれしくないはずはない。

離れたらすぐに忘れられてしまうんだろうな、と思っていた。それも、自分が選んだことだから仕方がない、と。

そんなトリスタンを驚かせたかったのだろうし、喜ばせたかったのだろう。

しかし……、これはやり過ぎだ。

国王陛下の御前で、あんなバカみたいな大声を上げてしまった——。

その失態を思い出しただけでも、恥ずかしさでいたたまれなくなる。陛下もブルーノも、特に言及はしなかったけれど。

だいたいそれなら、あの別れ際、あんなに……泣かせなくてもよかったはずなのに。言ってくれてもよかったのに。

やっぱり時々、性格が悪い……。

内心でうめきながら、それでも正式なラトミア大使として王の承認も受け、トリスタンは中庭を横切ってイーライを新しい部屋へ案内していた。

今回は一人なので、離宮ではなく王宮内の一室が与えられることになる。

「トリスタン」

ちょっと拗《す》ねたまま、むっつりと口をきかないトリスタンに、横を歩いていたイーライがくすくすと笑って、呼びかけた。

まだ怒ってますよ、というあからさまに不機嫌な表情でちろっと横を見ると、イーライがするりと地面にひざまずく。

「あらためて君にと預かってきた。持っていてほしいそうだ」

静かにトリスタンを見上げて、ポケットから覚えのある銀の指輪をとり出した。

「あ……」

母の指輪。大公に返したものだ。

「俺が君につけてもかまわないか？　それとも……、他につけてもらいたい相手ができただろうか？」

いかにも心配そうな表情で見つめてくる。

でも、その瞳の奥はわくわくと楽しそうに瞬いていて。

断られるとは思っていないくせに。そんな相手がいないことなど、わかっているくせに。

……ずるい。

怒りたいのに、まるで求婚されているみたいでドキドキしてしまう。

「いい…、ですよ……」

気恥ずかしさに思わず顔を背け、ようやく小さな声で答えたトリスタンの左手を、イーライが優しくとった。

その薬指に、イーライがそっと指輪をはめてくれる。

冷たい感触と、わずかな重みが指から胸に沁みこんでくる。

トリスタンの手を握ったまま立ち上がったイーライが、その指輪の上からそっとキスを落とした。

「君の恋人は約束を守る、いい男だ。信頼して大丈夫だから」

唇で笑って、澄ました顔で言う。

――恋人。

何気ないようなその言葉にドキッとして、知らず頬が熱くなる。

――恋人、なのか……。

自分で繰り返して、さらにドキドキした。

そんなふうに呼べる相手は、生まれて初めてだった。

「間違いのない男を選んだな。今回は正しい判断をしたようだ」

けれど、ちょっと調子に乗りすぎのような気もする。

自分で堂々と、満足そうに言った男に、トリスタンはまっすぐ前を向いたまま、あえて素っ気なく返した。

「それはまだ、これからの判断になるのでは？　あなたのことは、丸ひと月分くらいしか知りませんから」

「王室護衛官殿は査定が厳しいな」

イーライが小さく咳払《せきばら》いする。

「そもそも…、駐在大使になるというのは正しい判断なのですか？　あなたはこれからのラトミアに必要な方なのでは？」

大公の懐刀と言われるくらいであれば、本国でも政治的に重要な地位にあったはずだ。大公を助け、これから国を発展させていく責務がある。

そうでなくとも、独立して新しく国が変わろうという歴史的な時なのだ。国にとどまって大きな役割を担いたいと思うのではないだろうか。

それを、自分のために……？

「駐在大使も重要な役目だよ」

さらりとイーライが答えた。

「それはそうですけど」

イーライの気持ちはうれしいが、申し訳ない気もしてくる。

知らず足を止めたトリスタンの頬を、イーライが指の背でそっと撫でた。

「もちろん、俺もラトミアの発展に力を尽くすつもりだ。スペンサーにいてもな。確かに、本国にいた方がやれることは多いのかもしれないし、判断としては間違っているのかもしれない。……まあ」

イーライがそっとトリスタンの顔をのぞきこみ、吐息で笑った。

「俺もただの恋する男だよ」

トリスタンは思わず瞬きして、男の顔を見つめてしまう。

正しい判断より優先するものがある――。

そんな勝手な言い分がうれしくて。胸がくすぐったくて。

「俺も、自分のいたい場所を選んだだけだ」

大きな笑顔と、その言葉が幸せで。

ゆっくりと伸びてきた手に顎をとられ、目を閉じて、トリスタンはキスを許した――。

あとがき

こんにちは。大変おひさしぶりになってしまいました。王室護衛官さんたちの2冊目ですが、1作目からずいぶん間が空いてしまって、本当に申し訳なく……っ。作中では二カ月というところが、なんともですね。ともあれ、続編ではありますが、別カプになりますので、こちらから読んでいただいても問題はないかと思います。

独立直後の国、そして創設したばかりの王室護衛隊を舞台にしたお話、今回は隣国の伯爵様と王室護衛官さんです。ハイスペックで秘密のありげな伯爵様攻めと、護衛官の中では地味だけど頑張り屋さんの受け。それに、それぞれのお国の事情やら、陰謀やらが絡みつつの、ドキドキハラハラな展開になっているかと思います。こうしてみると、王室護衛官さんたちは毎回、陰謀に立ち向かわないといけないのが大変そうですが（笑）、まあ、それもお仕事ですね。少しずつ、チームとしてもまとまっているのではないかと思います。今回は脇で出てきた公子様が、流れに任せて書いていたわりに意外と可愛く、楽しいキャラでした。他のファンタジーのシリーズでも、公子様というポジションはなぜかキャラが立っていて、相性がいいのかしら。素敵なおじさまキャラが少ないのだけが、私的には心残りなところです（きっと国王陛下がラスボスですねっ）。

さて、今回イラストをいただきましたみずかねりょうさんには、本当にありがとうございました。がっつりファンタジーですので、キャラも多く、お衣装も大変そうなのですが、シャープでカッコイイ護衛官さんたち、そして伯爵様をとても楽しみにしております。そしてなにより、今回編集さんには多大なご迷惑をおかけして申し訳ありませんでした……。本当に長々とお待ちいただいて、いやほんと、上がらないんじゃないかと何度も思いましたが、辛抱強くお声をかけていただいたおかげで、なんとかエンドマークまで行き着くことができました。本当にありがとうございました。いつかご恩が返せるといいのですが…。

そして、こちらを手に取っていただきました皆様、1冊目からお待ちいただいていた皆様（がいるのかな…？）、本当にありがとうございます！　気が晴れない日々が続いておりますが、どうか一時、波瀾万丈な護衛官さんたちの世界で、一緒にドラマチックな時間を過ごしていただけるとうれしいです。

また、どこかでご縁がありますように――。

8月　食欲の秋の足音…。夏痩《や》せもしてないのに……！

水壬楓子《みなみふうこ》

この本を読んでのご意見、ご感想を編集部までお寄せください。

《あて先》〒141-8202 東京都品川区上大崎3-1-1 徳間書店 キャラ編集部気付
「王室護衛官に欠かせない接待」係

【読者アンケートフォーム】

QRコードより作品の感想・アンケートをお送り頂けます。

Chara公式サイト http://www.chara-info.net/

■初出一覧

王室護衛官に欠かせない接待……書き下ろし

Chara

王室護衛官に欠かせない接待……【キャラ文庫】

2021年9月30日 初刷

著者 水壬楓子
発行者 松下俊也
発行所 株式会社徳間書店
〒141-8202 東京都品川区上大崎3-1-1
電話 049-293-5521（販売部）
03-5403-4348（編集部）
振替 00140-0-44392

印刷・製本 株式会社廣済堂
カバー・口絵
デザイン 佐々木あゆみ

ISBN978-4-19-901043-9

水壬楓子の本

森羅万象
狐の輿入
水壬楓子
イラスト◆新藤まゆり
箱入りのおキツネ様か――
初心なところがなんともそそるね
キャラ文庫

好評発売中

「森羅万象　狐の輿入」

イラスト✦新藤まゆり

12年に一度の狐の里での嫁入り大祭――。里の者が崇める「神」に、生涯仕える花嫁として選ばれた白狐《びやつこ》の那智《なち》。残された自由な時間は三日間だけ！　ところが、潔斎中のくせに、こっそり人間の祭りに遊びに出かけ、男たちに絡まれてしまった⁉　窮地を救ったのは、物の怪を調伏する力を持つ御祓方《おはらいかた》の知良瑞宇《ちいらずいう》。変化の術を見破られ、「バラされたくなかったら、言うことをお聞き」と脅されて⁉

水壬楓子の本

好評発売中

「森羅万象　水守の守」

イラスト✦新藤まゆり

森羅万象
水守の守
水壬楓子
イラスト◆新藤まゆり
オレもいっぱしの物の怪なんだ
絶対おまえを落としてみせる!
キャラ文庫

子供の頃から、動物の霊や物の怪が見える高校生の里見《さとみ》 忍《しのぶ》。部活の最中、川から「助けて」という悲壮な声を聞き、溺れた犬を拾う。貧相で不細工な犬を放っておけず、居候中の旅館でこっそり飼うことに。そんなある晩、妖しい色香の超美形の男が、無断で露天風呂に入浴していた!?　しかも全裸の尻には短い尻尾が!?　もしかしてコイツ、あの犬が化けてるのか？　それ以来、男は忍を誘惑してきて!?

水壬楓子の本

好評発売中

「シンプリー・レッド」

イラスト✦汞りょう

死を司る死神と、永遠の生を生む吸血鬼とは天敵同士。ところが、怜悧な美貌の死神・碧《あおい》は、気まぐれに吸血鬼の子供を拾って育てることに。やがて、身長も体重も遥かに碧を追い越した真冬《まふゆ》は、満月の夜、血を求めて甘えるように唇を寄せてくる。碧は血を吸われるたび、首筋に真冬の抑えきれない欲情を感じて!? 人間界に密やかに棲まう闇の眷属たちのラブ・ファンタジー。

水壬楓子の本

好評発売中

「桜姫」全3巻

Fuuko Minami Presents
桜姫《サクラヒメ》
水壬楓子
イラスト◆長門サイチ
俺は犯罪捜査官だから
お上品には守れませんよ
キャラ文庫

イラスト✦長門サイチ

連邦犯罪捜査局に勤務するシーナは、野性的で精悍な捜査官。頻発する異星人犯罪を取り締まるのが仕事だ。そこへ、捜査局に視察に訪れた高等判事秘書官・フェリシアの護衛の任務が。フェリシアは怜悧な美貌の超エリート。辛辣で無愛想な態度にはうんざりだが、命令には逆らえない。ところがその夜、シーナはフェリシアになぜか熱く誘惑されて…!?　衝撃の近未来ラブロマン。